Fulgor er
El Legado de Gengis Khan

Cedric Daurio
Círculo Bluthund 6

Copyright © 2024 por Oscar Luis Rigiroli Todos los derechos reservados. Ni este libro ni ninguna parte del mismo
pueden ser reproducidos o usados en forma alguna sin el permiso expreso por escrito del editor excepto por el uso de breves citas en una reseña del libro.

Se trata de una obra de ficción. Los nombres, personajes, empresas, lugares, eventos e incidentes son o bien los productos de la imaginación del autor o se utilizan de una manera ficticia. Cualquier parecido con personas reales, vivas o muertas, o eventos reales es pura coincidencia.

El Círculo Bluthund

El Círculo Bluthund es un grupo hermético informal formado en las redes sociales. Reúne a investigadores de las disciplinas más diversas, quienes colaboran en la resolución de casos difíciles de manejar. Poseen métodos de investigación que provienen tanto de las ciencias positivas como del conocimiento alternativo, basados en sabiduría tradicional y en arcanos de diversas culturas.

Los Títulos actuales son

1. La Leyenda de Thule: La Profecía de las Runas
2. El Códice Gobi: Enigma del Tesoro tras el Horizonte Fugitivo
3. Bajo la Sombra del Águila: El Enigma de Alamut
4. En Busca del Tesoro del Zar: Enigma en Siberia
5. La Huella templaria: Tras los Secretos del Grial

Índice

Dramatis Personae
    Episodio 1
Episodio 2
Episodio 3
Episodio 4
Episodio 5
Episodio 6
Episodio 7
Episodio 8
Episodio 9
Episodio 10
Episodio 11
Episodio 12
Episodio 13
Episodio 14
Episodio 15
Episodio 16
Episodio 17
Episodio 18
Episodio 19
Episodio 20
Episodio 21
Episodio 22

Episodio 23
Episodio 24
Episodio 25
Episodio 26
Episodio 27
Episodio 28
Episodio 29
Epílogo
Del Autor
Sobre el Autor
Obras de C.Daurio
Contacte al Autor
Sobre el Editor
Galería de Arte

Dramatis Personae

Nick Lafleur: Joven franco-canadiense, 21 años, analista de sistemas, estudiante de marketing digital.

Jiang Zhi Ruo: Chica china de Singapur, 20 años, calígrafa y dibujante, experta en Tai Chi Chuan.

Mikhail Turgenev: Joven ruso nacido en San Petersburgo, 23 años, alpinista, estudiante de ingeniería mecánica.

Chandice Williams: Chica jamaicana, 21 años, bailarina clásica, experta en folclore caribeño.

Jack Berglund: Estadounidense, 45 años. Miembro del Círculo Bluthund, runólogo, especialista en alfabetos antiguos.

Lakshmi Dhawan: Mujer de 38 años, nacida en la India, miembro del FBI.

Keneisha Sullivan: Directora del FBI, jefa de Lakshmi.

Almirante B.C. Donnelly: Estadounidense, asesor del Departamento de Estado de EE.UU.

Dr. W. Richardson: Británico, maestro del Círculo Bluthunden Nueva York.

Jerome Watkins: Estadounidense, maestro de ceremonias en los eventos del Bluthund.

Madame Nadia Swarowska: Polaca, miembro del Comité de Dirección del Bluthund.

Suzuki Taro: Japonés, miembro del Comité de Dirección del Bluthund, experto en artes marciales.

Matsuko: Joven guerrera ninja.

Corrado Gherardi: Ex sacerdote jesuita, especializado en la historia de las religiones.

Dr. Wolfram von Eichenberg: Académico especializado en esoterismo occidental y oriental.

Episodio 1

Los miembros de la Asamblea de la Comunidad Bluthund se dirigieron a la sala de reuniones que ya había sido preparada para la segunda parte de su sesión. Tras haber evaluado la iniciativa anterior, relacionada con la búsqueda del Santo Grial, y un almuerzo frugal, estaban ansiosos por saber cuál sería la nueva misión que el almirante Donnelly, asesor del Departamento de Estado de los Estados Unidos, les propondría.

Mientras todos los presentes tomaban asiento, el Dr. Richardson preparaba algunos papeles sobre el escritorio, y Jerome Watkins, maestro de ceremonias, ajustaba el equipo de proyección y los micrófonos. Finalmente, Richardson habló:

"Como dije antes del almuerzo, el almirante Donnelly nos propondrá una nueva misión, y luego el Comité Ejecutivo de la Comunidad discutirá si la acepta y, de ser así, cómo organizaremos los equipos que la llevarán a cabo".

En ese momento, el teléfono de Watkins sonó. Atendió la llamada y luego le dijo a Donnelly: "El guardia de seguridad en la recepción del edificio me llama. Han llegado una señora Ganbold y un señor Richart. ¿Son las personas que esperabas?"

El mencionado respondió de inmediato:

"Sí, Jerome. Por favor, dile a Louie que los haga pasar". Luego, dirigiéndose a Richardson, añadió:

"Son los expertos en el tema que vamos a tratar. Esperemos a que lleguen antes de comenzar la reunión".

Los dos nuevos invitados llegaron en pocos minutos acompañados por Louie, quien se retiró enseguida. Eran un hombre de unos treinta y cinco años, alto y delgado, de cabello rojizo, y una mujer de origen claramente oriental, con un rostro de exótica belleza y una silueta espectacular. Donnelly les estrechó la mano y procedió a presentarlos a los presentes.

"La agente especial Orghana Ganbold pertenece a la Sección del Lejano Oriente de la CIA. Es de origen mongol, nacida en Ulán Bator. Este caballero es el Dr. Ives Richart, uno de los historiadores más prestigiosos especializados en el Medio Oriente".

Una vez hechas las presentaciones, Richardson tomó la palabra solo para decir:

"Bien, almirante, por favor explíquenos cuál es la tarea que el Departamento de Estado propone a la Comunidad Bluthund".

Donnelly se puso de pie frente al público y habló brevemente.

"La misión es encontrar la tumba de Genghis Khan".

Un murmullo de sorpresa recorrió la sala; los rostros de los asistentes mostraban claramente su asombro. Donnelly continuó con su discurso.

"Aunque a las mentes occidentales esto puede parecer inexplicable o sin importancia, lo cierto es que el enigma de la ubicación de esta tumba es en Oriente un misterio comparable al que representa el Santo Grial en Occidente. Este hecho está relacionado con la personalidad de este gran guerrero de la Edad Media oriental. El destino de su cuerpo está rodeado de tanto misterio y leyendas como el Santo Cáliz para los cristianos. Por eso voy a pedir a tres oradores que nos iluminen sobre este tema.

"En primer lugar, le pido amablemente al Dr. Wolfram von Eichenberg, miembro de la Comunidad Bluthund, que nos explique quién fue Genghis Khan. Perdóname, Wolfram, por no darte tiempo para preparar el tema, pero estoy seguro de que tienes el conocimiento necesario.

"En segundo lugar, le pediré al Dr. Richart que nos hable sobre el misterio de la tumba de Genghis Khan y todos los intentos fallidos para encontrarla. En tercer lugar, le pediré a la agente especial Ganbold que nos informe sobre el motivo por el cual esta tumba es un tema de alto interés para la CIA".

Donnelly tomó asiento y von Eichenberg se levantó y tomó el micrófono.

"Bien, aunque la amable invitación del almirante me toma por sorpresa, la vida de Genghis Khan es un tema familiar, así que intentaré improvisar una explicación. Espero que sea clara.

"Genghis Khan fue el creador del Imperio Mongol, el más grande en la historia de la humanidad. En su apogeo, este imperio abarcaba vastas áreas, incluyendo gran parte de Asia Central y China, y las invasiones mongolas llegaron al oeste hasta Polonia, Kiev, Bulgaria y Georgia, y gran parte del Medio Oriente musulmán, por lo que conquistó gran parte de Eurasia. Debido a sus éxitos militares, sigue siendo considerado el mayor conquistador militar de todos los tiempos.

"Genghis Khan nació en 1158 en una familia noble, y al nacer se le llamó Temujin. Murió en 1227 en circunstancias dudosas que lo han convertido en una leyenda, lo cual supongo que abordará el siguiente orador. Tras fundar su imperio, Temujin fue proclamado Genghis Khan, un nombre de origen turco basado en las palabras tengiz mar, que significan algo así como 'soberano universal'.

"Basó su enorme poder en unir a las tribus nómadas del noreste de Asia. Sus sucesores expandieron el imperio, que llegó a conquistar o crear estados vasallos en lo que hoy es China, Corea, el Cáucaso, Asia Central y grandes áreas de Europa Oriental y Asia Sudoccidental.

"Tanto Genghis Khan como sus sucesores fueron genocidas que llevaron a cabo terribles masacres sobre las poblaciones civiles de las tierras conquistadas, lo que les creó una siniestra fama en la historia moderna de esos países.

"Por otro lado, dentro del Imperio Mongol hubo una increíble expansión de la ciencia, la cultura y la tecnología, que se logró al conectar culturas previamente muy dispersas entre sí. Relacionado con estos logros, podemos mencionar la adopción de un sistema de escritura unificado de origen uigur para el imperio, la promoción de la meritocracia y la tolerancia religiosa entre pueblos de tradiciones muy diferentes. Desde el punto de vista de las comunicaciones y el transporte, Genghis Khan creó la Ruta de la Seda bajo un mando político unificado, lo que puso en contacto cultural y comercial a vastas regiones del noreste de Asia, el suroeste asiático musulmán y Europa

Oriental, promoviendo el progreso en todas esas áreas. Por lo tanto, los descendientes actuales lo consideran el Padre de Mongolia.

"Se le atribuyen unos veinte mil hijos con sus más de treinta esposas e innumerables concubinas, por lo que su ADN está ampliamente distribuido en su área de influencia.

"Bueno, amigos, esto es lo que puedo contar sobre la vida de Genghis Khan".

Richardson se levantó y, estrechando la mano del orador, dijo:

"Gracias, Wolfram, por tu excelente introducción. A continuación, tomaremos un descanso para el café, y luego el Dr. Richart nos informará sobre las versiones relacionadas con la ubicación de la tumba de Genghis Khan".

Episodio 2

IVES RICHART DIO UN paso al frente y tomó el micrófono en sus manos. Parecía un poco nervioso, pero a medida que empezó a hablar, su tono se volvió progresivamente más seguro. Hablaba en inglés con un fuerte acento francés. "Las circunstancias de la muerte y el entierro de Genghis Khan están envueltas en la niebla del misterio, y esto se debe sobre todo a su voluntad. De hecho, la leyenda dice que no deseaba que se conociera el lugar de su tumba más adelante, por las razones que fueran. Incluso hay versiones firmes en el sentido de que, para mantener el secreto, los esclavos que trabajaron en su tumba fueron masacrados por los soldados del Khan, y esos mismos soldados fueron a su vez exterminados, para sellar por completo dicho secreto eliminando a todos los testigos oculares. Esto muestra el valor de la vida humana en la corte del Khan. "Genghis Khan murió en 1227, en circunstancias que, como he dicho, no están claras. Según el viajero y comerciante veneciano Marco Polo, en su libro 1, capítulo 50, el Khan murió a causa de una herida de guerra cuando una flecha se le clavó en la rodilla durante su lucha contra un castillo llamado Caaju. Otras versiones sostienen que murió por causas naturales a la edad de 72 años. "En cuanto a las precauciones tomadas por sus seguidores para ocultar el lugar de su entierro, algunas versiones afirman que se desvió un río para cubrir su tumba, mientras que otras sostienen que la tumba fue pisoteada por numerosos caballos y luego se plantaron árboles sobre ella. A su vez, la capa de permafrost que cubre las áreas sospechosas habría ocultado ese sitio, a menos que el deshielo generalizado debido al calentamiento global lo revele. "En cualquier caso, si se eliminaron todas las referencias externas, como lápidas o rocas, en la vasta extensión de Mongolia es poco probable encontrar dicha tumba si no hay referencias concretas. "Si todas estas precauciones nos parecen excesivas, recordemos el papel de Padre de Mongolia que sus súbditos le otorgaron, y que en realidad es un título bastante verdadero, ya que se estima que 1 de cada 200 seres humanos vivos en el planeta tiene parte de los genes del Khan. Con respecto a las diversas versiones sobre el lugar de entierro, vamos a citar las más extendidas. "En primer lugar, podemos citar una tradición según la cual todos los grandes jefes y Khans mongoles deben ser enterrados en las montañas de Altái, aunque mueran en lugares distantes a hasta cien días de viaje de ellas. Sin embargo, esta es una ubicación bastante vaga e imprecisa. "Otra versión sitúa la tumba en la cima de una de las montañas de Khentii, llamada Burkhan Khaldun, a unos 160 kilómetros al noreste de Ulan Bator. Al parecer, en su juventud Genghis Khan se había escondido de sus enemigos en esa zona". Corrado Gherardi, un viejo conocido de Richart en el ámbito académico, levantó la mano para hacer una pregunta. "Dime, Corrado, ¿tienes una pregunta?" dijo el orador. "Sí, Ives. Tengo entendido que en la República Popular de China, en la zona de Mongolia Interior, hay un mausoleo conmemorativo de Genghis Khan." "Sí, es correcto. Fue construido entre 1954 y 1956 por el gobierno chino en el estilo tradicional mongol. Fue motivado por el culto de los mongoles a la figura de Genghis Khan, y dentro se practican rituales del chamanismo mongol tradicional. Pero es un cenotafio, es decir, una tumba vacía que solo contiene algunos accesorios que presumiblemente pertenecieron al Khan, pero no hay cuerpo. Está en Ejin Horo Qi, a 115 km al norte de Yulin y 55 km al sur de Dongsheng." "Gracias, Ives." El orador continuó con su conferencia. "Como hemos dicho antes, uno de los sitios donde se ha buscado la tumba del 'Soberano Universal' es la montaña Burkhan Khaldun. Aunque anteriormente se conocía por otro nombre, las coordenadas actuales son 48.5 ºN y 108.7 ºE. Esta área ha estado cerrada a los arqueólogos hasta hace relativamente poco tiempo. Según la tradición Yuan, todos los grandes Khans mongoles han sido enterrados cerca de la tumba de Genghis Khan, en un valle llamado Qinian. Sin embargo, la ubicación de ese valle es actualmente desconocida." Esta vez fue Wolfram von Eichenberg, también un viejo conocido de Richart, quien levantó la mano. "Sí, Wolfram. ¿Tienes una pregunta?" "Sí. Quiero saber cuál es la actitud de los mongoles actuales en relación con las búsquedas de la tumba de su héroe. ¿También están interesados en encontrarla?" Richart respondió. "Creo que ese punto será cubierto en detalle por la siguiente oradora, Madame Ganbold. Pero ya puedo adelantar que los mongoles son muy supersticiosos y prefieren dejar a sus muertos en paz. Incluso han tejido leyendas sobre maldiciones similares a las que existieron en el caso de la tumba de otro conquistador medieval, Tamerlán." "¿A qué te refieres?" "Poco después de que arqueólogos soviéticos descubrieran la tumba de Tamerlán, su país fue invadido por tropas nazis. "El acceso a las montañas Burkhan Khaldun está restringido, ya que se considera territorio sagrado y tanto el gobierno como la población tratan de mantener alejados a los intrusos. Además de su deseo de mantener en paz la memoria del Khan, temen la acción de los saqueadores de tumbas, ya que se supone que Genghis Khan fue enterrado con numerosos tesoros saqueados a lo largo de Asia." Esta vez fue Taro Suzuki quien levantó la mano. Cuando el orador le dio la palabra, dijo: "Me consta que recientemente ha habido intentos de localizar la tumba con métodos y tecnologías modernos, incluidos investigadores asociados con canales de televisión. ¿Lograron algún resultado?" Richart respondió sin dudar. "De hecho, ha habido un 'Proyecto Valle del Khan', que ha utilizado tecnologías no invasivas, es decir, sin excavar la superficie de la tierra. Han hecho un análisis de todas las fotos aéreas existentes de la zona y crearon un mosaico con ellas para detectar sitios sospechosos. "Se han realizado búsquedas terrestres, aéreas y satelitales, incluidas las exploraciones remotas con drones, pero la tumba aún no ha sido encontrada." Ante la ausencia de más preguntas, el Dr. Richart terminó su disertación. El Dr. Richardson se levantó de su silla y, saludando al francés, dijo: "Muchas gracias, Dr. Richart, por su clara y exhaustiva explicación. Ahora haremos otra pausa para el café, y luego Madame Ganbold y el almirante Donnelly nos explicarán por qué el descubrimiento de la tumba de Genghis Khan es un tema que preocupa al Departamento de Estado de los Estados Unidos."

Episodio 3

Orghana Ganbold dio unos pasos hacia adelante y se colocó frente a la audiencia. Los asistentes masculinos admiraban su espectacular silueta, envuelta en sus ajustados pantalones y una chaqueta de cuero negro sobre una camisa de un rojo profundo. Sus rasgos exóticos eran perfectos; en resumen, era un ejemplo de belleza oriental, y Lakshmi Dhawan, Matsuko Suzuki y Madame Nadia Swarowska la miraban con cierta envidia.

Orghana hablaba un perfecto inglés británico, aunque con un acento algo gutural y una voz ligeramente ronca. Hablaba con la confianza de alguien entrenado para dirigirse a una audiencia selecta.

"Voy a comenzar con una breve referencia a mi país y a mi pueblo. Si hago esta distinción, es para enfatizar que aunque soy ciudadana de la República Popular de Mongolia, todos los mongoles se sienten parte de una unidad histórica mayor, que también incluye la llamada Mongolia Interior, que en realidad es la Región Autónoma de Mongolia Interior, parte de la República Popular China.

"Voy a comenzar con una breve descripción de mi país, la República Popular de Mongolia. Es una nación gigantesca, de 1.564.000 kilómetros cuadrados, con solo 33 millones de personas, lo que la convierte en el país menos densamente poblado del mundo. Está totalmente rodeada de otros países y no tiene acceso a ningún mar, por lo que es completamente mediterránea. Su territorio está compuesto por una estepa herbosa, casi sin tierra cultivable. Por esta razón, aproximadamente el 30% de la población sigue siendo nómada hoy en día y se dedica a la cría de caballos.

"Está rodeada de montañas al norte y el enorme desierto de Gobi al sur. Su capital es Ulán Bator, o Ulaanbaatar en su nombre moderno, y alberga a la mitad de la población. Sus vecinos son la Federación Rusa al norte y la Región Autónoma de Mongolia Interior, parte de China, al sur. No tiene frontera con Kazajistán por una distancia de solo 37 kilómetros.

"El budismo es la principal religión y el islam la segunda, aunque está concentrada en personas de la etnia kazaja. El tema étnico es de gran importancia para el problema que vamos a describir. El 95% de los habitantes son de origen mongol, y dentro de ellos, el grupo étnico

Khalka representa el 86%, y el 14% restante de los mongoles son oirates, buriatos y otros grupos. Todos los habitantes hablan diferentes dialectos mongoles. La escritura se realiza en el alfabeto cirílico ruso.

"Las minorías, incluidas grupos turcos como los kazajos, tuvinos y otros, son solo el 5% de la población, viviendo en la parte occidental, y se incluyen pequeños grupos de rusos, chinos y coreanos.

"La segunda área geográfica de importancia para nuestro tema es la ya mencionada Mongolia Interior, parte de China. También es una zona muy grande, de 1.200.000 kilómetros cuadrados, con una población de 24 millones, la mayoría de los cuales son predominantemente chinos Han y una minoría de unos cinco millones de mongoles. Es una de las áreas más desarrolladas de China, y está dividida en dos regiones. La oriental es la antigua Manchuria, y la occidental incluye varias grandes ciudades. Los dos idiomas principales son el chino mandarín y el mongol, que utiliza el antiguo sistema de escritura mongol, a diferencia del que se usa en la República de Mongolia, que, como dijimos, se basa en el cirílico ruso.

"Esta larga descripción de los aspectos geográficos y étnicos de las dos regiones que una vez constituyeron el corazón del Imperio Mongol en la época de Genghis Khan y sus descendientes, es particularmente importante para comprender los procesos que vamos a narrar a continuación.

La oradora tomó un sorbo de agua y luego continuó.

"Ya en el pasado hubo otros intentos de revivir la gloria del Imperio de Genghis Khan, que luego fue aumentado por su sucesor Kublai Khan al invadir y conquistar China y todo el Medio Oriente. Lo que se está gestando en la actualidad es un proceso de gran agitación interna en las diversas tribus mongolas, particularmente los nómadas y seminómadas, que no han sufrido una incorporación a la vida moderna y sedentaria. Estas tribus, dirigidas por chamanes y otros líderes religiosos y políticos extremistas, están en ebullición con promesas de esos líderes milenarios de volver al grandioso pasado de conquista, expulsando a sus vecinos de las mejores tierras de pastoreo y fuentes de agua para ellos y su ganado, e imponiendo sus reclamaciones por la fuerza de las armas, que ahora ya no son solo arcos y flechas, espadas y lanzas, sino cohetes, armas automáticas e incluso piezas de artillería moderna suministradas por grupos islámicos radicalizados en el Medio Oriente y traficantes de armas de los desmantelados arsenales de la antigua Unión Soviética.

"Esto ha causado alarma entre los países vecinos, particularmente la Federación Rusa y la República Popular China, que recuerdan con horror las invasiones de hace 800 años, cuando las mismas tribus mongolas y turcas dispersas se unieron bajo un mando unificado y arrasaron Eurasia, como fue descrito por los oradores que me precedieron.

"Los rusos, en particular, temen la recurrencia de revueltas en las naciones que antes pertenecían a la antigua Unión de Repúblicas Socialistas Soviéticas y que ahora son independientes, incluidas Tayikistán, Uzbekistán, Kirguistán, Turkmenistán, Kazajistán y Azerbaiyán. Estas naciones, que habían sido incorporadas por la fuerza a la URSS por los soviéticos, han tenido de vez en cuando demandas panislámicas y panturcas, que ya con la caída de la URSS produjeron guerras sangrientas en Chechenia y otras áreas de Asia Central.

"En particular, los rusos temen la inestabilidad en la República Popular de Mongolia, mi país, que en realidad es un país satélite de Moscú. Kirguistán, el único país democrático de toda la región, es visto con preocupación por todo el mundo.

"Lo que todo el mundo teme es que detrás de la búsqueda de la tumba de Genghis Khan por grupos no identificados, a los que se referirá el próximo orador, pueda esconderse el germen de una rebelión generalizada de los pueblos mongoles y turcos.

"Bien, esto es lo que había preparado para contarles hoy. Si tienen alguna pregunta, la responderé lo mejor que pueda".

Ante el silencio general, el Dr. Richardson se levantó y habló.

"Gracias, Orghana, por tu magnífica explicación de todo el proceso que se está desarrollando en el Asia Central Oriental. Como es habitual en nuestras reuniones, ahora vamos a tomar otro descanso para estirar las piernas. A continuación, el almirante Donnelly explicará qué preocupa al Departamento de Estado de los Estados Unidos en relación con todo este problema y hará su propuesta de trabajo a la Comunidad Bluthund".

Episodio 4

El almirante Donnelly comenzó su discurso mientras Jerome Watkins proyectaba imágenes aéreas que mostraban una caravana de típicos carros mongoles cargados con personas y diversos objetos, escoltados por jinetes montados en caballos vigorosos que vagaban por la estepa, seguidos por ganado arreado por otros jinetes más jóvenes.

"Esta imagen, que parece sacada de un grabado del siglo XIII, fue tomada hace unos días con un dron en el norte de la República de Mongolia. Lo que muestra es una tribu en marcha hacia un lugar que desconocemos, y esta escena se repite en la estepa asiática en decenas de ocasiones. Es una nación en movimiento, y según nuestros analistas, no se trata solo de migraciones estacionales en busca de pastos abundantes.

"Esta fotografía resume gráficamente lo que Orghana Ganbold acaba de narrar y explica nuestros temores, que en este caso son compartidos por el gobierno de la República de Mongolia, y especialmente por sus vecinos en la Federación Rusa, la República Popular China y el gobierno de Kazajistán.

"Todos estos actores de la realidad del Lejano Oriente están aterrorizados por la posibilidad de un levantamiento masivo de las tribus nómadas de la Mongolia Exterior e Interior, acompañado por otras tribus de grupos étnicos turcos, musulmanes o chamánicos, que sienten que tienen la capacidad de cambiar el mundo, tal como lo hicieron hace ocho siglos.

"Sabemos que detrás de estos movimientos hay agitadores musulmanes, muchos de ellos chiitas, pero no todos. Estos agitadores son, en realidad, terroristas que han mantenido en llamas el Medio Oriente durante décadas, y que tienen acceso a armas modernas, como ya se explicó, provenientes de arsenales soviéticos desmantelados, así como artefactos fabricados por ellos mismos. No descartamos que ciertas sectas milenarias en Japón y Corea se sumen a este panorama.

"Lo que tememos sobre todo es la aparición de un líder mesiánico, que puede surgir en medio de este ambiente social y que pueda guiar este movimiento hasta ahora inorgánico en una verdadera cruzada contra el mundo civilizado. Lo peor es que creemos que la aparición de ese líder es solo cuestión de tiempo.

"Los analistas piensan que para ganar credibilidad ante las masas nómadas, estos líderes deben enarbolar una bandera que tenga significado para todos los tribales. Creemos que el hallazgo de la tumba de Gengis Khan puede ser esa bandera, y temblamos ante lo que podría suceder si uno de esos líderes afirma ser la reencarnación del Gran Khan."

En ese momento, el Dr. Richardson levantó la mano.

"Sí, Dr. Richardson, ¿tiene una pregunta?" dijo Donnelly.

"Sí. Según entiendo, en este caso, a diferencia de la búsqueda del Santo Grial u otros en los que hemos participado antes, lo que el Departamento de Estado desea no es encontrar dicha tumba, sino al contrario, que nunca aparezca."

"Dr. Richardson, ese es un punto esencial. Le responderé lo mejor que pueda bajo las circunstancias actuales. Lo que realmente queremos es que los terroristas no la encuentren, pero eso está fuera de nuestro alcance, ya que depende del factor suerte. Lo que realmente queremos es que si se encuentra la tumba del Soberano Universal, seamos nosotros quienes la hallen, y no los agitadores. Esto los humillaría y los dejaría sin bandera ante las masas nómadas."

El siguiente en levantar la mano fue Taro Suzuki. Cuando el almirante lo invitó a hablar, el profesor japonés preguntó.

"¿Han identificado a alguno de esos líderes que pueda convertirse en el jefe del movimiento tribal?"

"Hasta ahora no lo hemos detectado, pero creemos firmemente que diez, veinte, cien candidatos deben estarse preparando en toda la estepa para liderar a las tribus."

La declaración de Donnelly conmocionó a los participantes, transmitiendo la posible gravedad del asunto y la urgencia de tomar medidas.

La disertación no duró mucho más, y al concluir fue el turno de preguntas de los miembros de la Comunidad Bluthund. Richardson planteó una pregunta que estaba en la mente de todos.

"¿Cuál es el papel que espera el Departamento de Estado que nuestra Comunidad juegue en este complicado asunto?"

Donnelly evidentemente esperaba esta pregunta, por lo que respondió de inmediato.

"Dos cuestiones. Primero, hagan su propia investigación sobre las posibles ubicaciones de la tumba del Gran Khan y comuníquenlas a nuestra gente. Segundo, detecten si alguno de los posibles candidatos a liderar este levantamiento toma primacía sobre los demás, y también pásennos sus datos."

Entonces Jack Berglund preguntó.

"¿Qué harían con la pista que les demos sobre un líder peligroso?"

"Lo que hacen todos los gobiernos en ese caso."

"¿A saber?"

"Neutralizarlo."

Nuevamente, la dureza de las palabras del almirante provocó un murmullo en la sala. Nadia Swarowska le susurró al oído a Richardson, quien estaba sentado a su lado.

"Es decir, que estaríamos dictando una sentencia de muerte sobre el hombre que indiquemos."

En lugar de responder, Richardson se levantó y dijo.

"El Departamento de Estado del Gobierno de los Estados Unidos ha propuesto a nuestra Comunidad una orden muy precisa. El siguiente paso es convocar inmediatamente una reunión del Comité Ejecutivo de la Comunidad para aceptar o rechazar el encargo. Lo haremos de inmediato, mientras el resto de los asistentes puede permanecer en la sala para esperar el veredicto."

Luego, Richardson, acompañado por Madame Swarowska, Taro Suzuki, Jack Berglund, Jerome Watkins y von Eichenberg, se retiró a la oficina del primero para deliberar.

La reunión duró más de una hora, debido a la importancia del tema y las implicaciones materiales y morales de la participación de Bluthund. Finalmente, los miembros del Comité Ejecutivo se reunieron con los demás miembros en la sala principal, y Richardson, en su calidad de presidente, dijo.

"La Comunidad Bluthund ha decidido aceptar el desafío confiado a ella por el Departamento de Estado. El grupo que estará a cargo de la investigación estará compuesto por Jack Berglund, Taro Suzuki, Orghana Gambold e Ives Richard, y contará con el apoyo de Jerome Watkins como contacto en Nueva York, si todos aceptan la misión."

Episodio 5

Los viajeros tomaron el vuelo de Turkish Airlines desde el Aeropuerto JFK en la ciudad de Nueva York hasta el Aeropuerto Genggis Khaan en Ulan Bator, con un tiempo total de vuelo de casi veinte horas. Cuando finalmente llegaron a la capital de la República de Mongolia era de noche, y les costó conseguir un medio de transporte desde el aeropuerto hasta el hotel en la ciudad, donde ya tenían reservas.

Aunque les habían servido una cena ligera en el avión, decidieron comer algo en una cafetería que estaba abierta toda la noche esperando a los pasajeros. El tema de conversación, predeciblemente, fue las alternativas de vuelo y la primera impresión que la ciudad de Ulan Bator les había causado.

A la mañana siguiente, después del desayuno, Jack recibió una llamada en su teléfono celular. Los demás se hicieron a un lado para darle privacidad.

"Hola... ¿dónde estás? ¿En Ulan Bator? Pensé que vendrías más tarde... Sí, por supuesto que quiero verte... ¿Dónde? ... Bueno, averiguaré dónde está o lo buscaré en Google Maps. Ahora estoy afuera."

Después de cortar la llamada, hablando con los demás, Jack les dijo: "Voy a reunirme con alguien que conozco. Regresaré al mediodía. Voy a alquilar un coche para nuestras actividades."

Si los demás se sorprendieron al enterarse de que Berglund tenía conocidos en Mongolia, lo ocultaron, y Taro Suzuki ocultó una sonrisa paternal.

A media mañana, Orghana se comunicó con Taro e Ives.

"Voy a llamar a un viejo conocido que será nuestro contacto local. Como saben, nací en Ulan Bator y mi familia es de esta ciudad."

"¿Quién es ese conocido?" preguntó Taro.

"Su nombre es Khulan, y es miembro de los servicios de inteligencia del ejército mongol."

"Parece que puede ser valioso. ¿Crees que se le puede confiar?"

"Es un amigo personal de mi familia. Me ha tenido en sus brazos cuando nací. Tengo absoluta confianza en él."

Después de hacer una llamada, Orghana volvió e informó a sus compañeros. "Nos vamos a reunir para cenar en un restaurante que conozco a las 7 p.m. Khulan conoce al dueño y conseguirá una sala privada en el último piso."

"Bueno, para entonces Jack estará de vuelta," dijo Taro.

"Dijo que regresaría al mediodía," respondió Ives.

Taro sonrió nuevamente y dijo:

"No creo que vuelva al mediodía."

Jack Berglund aparcó la camioneta que había alquilado, una Toyota Tacoma desgastada pero robusta, con carrocería completa, pero tuvo cuidado de dejarla a dos calles de donde iba. Luego caminó hasta llegar a la puerta de un hotel discreto, que solo tenía un pequeño letrero de bronce escrito en alfabeto cirílico y en chino.

Al entrar vio al conserje leyendo un periódico amarillento a la tenue luz de una lámpara, mientras un cigarrillo colgaba de su labio.

Jack preguntó en inglés.

"¿La joven japonesa?"

"Habitación 5, al final del pasillo."

Al llegar frente a la habitación, el estadounidense tocó la puerta con los nudillos, y una voz femenina desde dentro le respondió.

"Entra, Jack. Está abierto."

Al hacerlo, y una vez que sus ojos se ajustaron a la semioscuridad de la habitación, distinguió una amplia cama en la que había una joven oriental de pequeño cuerpo y piel muy clara, completamente desnuda.

"Desvístete y ven conmigo," dijo la mujer.

Cuando Berglund regresó al hotel, sus colegas no comentaron. Orghana solo le dijo:

"Tengo una cita a las 7 p.m. con un viejo contacto mío, un miembro del ejército mongol."

El lugar de la reunión era un restaurante típico mongol bastante lujoso. El propietario los atendió personalmente al entrar y, después de un breve diálogo en mongol con Orghana, los escoltó al piso superior, que estaba dividido en dos grandes salas. Una de ellas estaba iluminada y al entrar vieron a un hombre de unos sesenta años, vestido con ropa europea, que al verlos llegar se apresuró a encontrarse con Orghana, hablando brevemente con ella en mongol, hasta que sus ojos se llenaron de lágrimas. Luego, la mujer les dijo a sus compañeros:

"Disculpen esta escena íntima, pero el coronel Khulan es amigo de mi familia y lo conozco desde que era niña. Habla un inglés perfecto porque ha sido agregado militar en varias embajadas de la República de Mongolia, así que continuaremos en ese idioma."

La primera parte de la reunión fue de carácter general, y el coronel esbozó la situación política y social de su país. Orghana guio hábilmente la conversación hacia el tema que les interesaba. Khulan era evidentemente consciente del papel de la dama en la CIA de EE. UU., por lo que el asunto no se mencionó explícitamente.

"En todos los países vecinos de Mongolia hay mucha preocupación por el movimiento milenario que se está gestando, y se teme que uno o más líderes emerjan que puedan reivindicar la figura de Genghis Khan, considerado por todos los mongoles como el padre de la Nación, y liderar un levantamiento generalizado de mongoles nómadas y otras tribus relacionadas que puedan desencadenar una ola de conflicto muy violento. Sabemos que hay un flujo de armas muy modernas de arsenales exsoviéticos, y los viejos rifles que tenían los tribus están siendo reemplazados por los últimos modelos de Kalashnikov. Somos conscientes de que han traído instructores en el uso de estas armas de gobiernos musulmanes y movimientos terroristas y que hay campos de tiro no muy lejos de Ulan Bator," confesó Khulan.

"¿Por qué el gobierno mongol no actúa para frenar estas actividades que les preocupan?" preguntó Taro Suzuki.

"Hay muchas luchas internas en el gobierno, y hay sectores que simpatizan con la causa rebelde, lo que provoca una inmovilización del Estado y sus instituciones, incluido el Ejército al que pertenezco."

"¿Qué hay de los gobiernos de los países vecinos?" indagó Jack Berglund.

"La Federación Rusa está aterrorizada por la posibilidad de que tribus turcas y otros grupos étnicos que habitan su enorme territorio siberiano puedan ser contagiados. La República Popular de China también está preocupada de que el movimiento se propague a la Región Autónoma de Mongolia Interior, parte de China. Y Kazajistán sabe que en su país hay grupos tribales que quieren formar una gran nación pan-mongola y pan-turca."

"¿Qué crees que falta para que se produzca un gran estallido en toda la región?"

"Creemos que la situación podría complicarse rápidamente si surge un líder que imponga su voluntad a las principales tribus. Una vez que esto suceda, la subordinación de los otros grupos étnicos se extenderá como un reguero de pólvora."

Episodio 6

Ante la declaración de Khulan, los viajeros vieron confirmadas sus suposiciones. Por primera vez, Orghana habló con el coronel en inglés.

"Dime, Khulan, ¿has detectado algún jefe tribal que pueda sobresalir por encima del resto y convertirse en ese temido Gengis Kan resucitado?"

El mongol pensó por un momento antes de responder.

"Sí, princesa, hay un jefe tribal llamado Baatar, que ha logrado reunir alrededor de cinco grandes tribus a su nombre. Ha eliminado a un par de oponentes simplemente peleando de la manera tradicional con ellos y cortándoles el cuello. Un hombre muy violento."

La declaración de Khulan impactó a los viajeros por dos razones. En primer lugar, la confirmación de un enemigo potencial en pleno desarrollo de su plan, y en segundo lugar, el título de princesa atribuido a Orghana. Jack miró a Taro a los ojos y el japonés le hizo un gesto astuto sugiriendo que no comentara en ese momento.

La mujer se dirigió a sus compañeros e indicó:

"Debéis saber que Baatar, además de un apellido, es un apodo que significa Héroe. Un apodo muy conveniente para un presunto sucesor de Gengis Kan."

Luego se volvió hacia Khulan nuevamente y preguntó:

"¿En qué área geográfica se mueve este Baatar?"

"Tenemos información muy difusa, y sus tribus son nómadas y están en constante movimiento. En general, lo hemos ubicado en la zona de las montañas Tarvagatai, a unos 550 kilómetros al oeste de Ulan Bator, o aproximadamente 350 millas. Es una zona salvaje, completamente despoblada, con la excepción de tribus errantes en busca de pasto para su ganado."

Jack miró en Google Maps y, tras unos minutos, dijo:

"Esa área montañosa está centrada en las coordenadas 48.068460 N y 98.3180055 E. Eso nos da una pista para comenzar la búsqueda."

"¿Estás pensando en ir solo? Me parece una idea muy peligrosa. No te dejaré ir solo. Te acompañaré y tendré un proceso de extracción listo para la zona si la situación se complica."

"¿Extracción?" preguntó Ives, confundido.

"Un rescate en helicóptero, si es necesario," respondió Khulan.

"Eres miembro del ejército mongol. No puedes involucrarte," replicó Orghana.

"Princesa, lo que no puedo hacer es dejar que tú y tus compañeros asuman un gran riesgo sin mi participación, sin importar las consecuencias. Es lo menos que puedo hacer por tu padre, a quien le debo todo lo que soy y lo que tengo."

La frase contundente puso fin a la discusión. El resto de la conversación se refirió a los preparativos para la expedición, que estaba programada para tres días después, para dar a los viajeros tiempo para reunir los artículos necesarios, incluidos combustible, tiendas de campaña y sacos de dormir, comida y mapas.

"No os preocupéis por las armas, me encargaré de las necesarias," dijo Khulan. Al regresar al hotel, Jack Berglund y Taro Suzuki se quedaron a solas en la cafetería para hablar mientras los demás se retiraban a sus habitaciones.

"Todas nuestras sospechas se confirman, y creo que este contacto nos llevará a al menos una pista específica," expresó Jack. En lugar de responder, Taro se recostó en su silla y, mirando a su compañero, dijo:

"Supongo que has notado el trato que el coronel le ha dado a Orghana."

"Obviamente te refieres al hecho de que la ha llamado Princesa."

"Sí."

"Conoces las costumbres orientales mejor que yo. ¿Crees que fue solo una forma educada de hablar o refleja algo real?"

"Nadie daría un trato real si no tuviera base en la realidad." Taro pensó por un momento y agregó:

"La verdad es que no sabemos realmente quién es Orghana Ganbold, si es simplemente una agente especial de la CIA, o si tiene algún otro interés en los asuntos mongoles."

"Otro asunto, ¿has visto cómo la mira Ives Richart?"

"No soy un buen observador de estas cosas," respondió Jack.

"En un grupo pequeño como el nuestro, es necesario tener en cuenta todos los factores que pueden influir en los resultados. El hombre parece encantado con ella."

"Es una mujer muy hermosa, una verdadera belleza oriental. Sabes que a menudo los hombres caucásicos se sienten atraídos por ese tipo de mujeres."

"Incluido tú," afirmó Taro con una sonrisa.

"Es verdad."

Se levantaron temprano por la mañana. Habían utilizado los dos días anteriores para comprar suministros, combustible, tiendas de campaña, sacos de dormir y mantas, para poder pasar las duras noches siberianas al aire libre, especialmente cuando estaban a cierta altura.

El grupo salió del hotel y condujo quince kilómetros hacia el oeste (unas diez millas). Ives estaba al volante, ya que demostró ser un excelente conductor rural y de montaña. En un momento dado, Jack, que estaba en el asiento del pasajero, señaló una cabaña al costado del camino.

"Esa debe ser la casa donde Khulan nos está esperando," dijo.

Efectivamente, al estacionar junto a la casa, el coronel salió de la vivienda deteriorada, que estaba evidentemente abandonada; arrastraba un par de cajas.

"Esas cajas deben contener las armas de las que nos habló," expresó Orghana. "Parece que incluyen algunas armas largas."

Taro meditó y preguntó a la chica.

"¿Tienes conocimientos sobre armas de fuego?"

"Por supuesto."

La respuesta sonó excesivamente contundente, así que la mujer se sintió obligada a moderar un poco su énfasis.

"Quiero decir, el entrenamiento de la CIA... ya sabes."

"Por supuesto." La expresión del japonés era inexpresiva.

Jack y Khulan cargaron las cajas en el vehículo, todos se subieron a él y Ives volvió a ponerse al volante. Dentro de la camioneta, Khulan abrió las cajas y extrajo el contenido, que luego pasó de mano en mano.

Orghana, Jack y el propio Khulan inspeccionaron los dos rifles de asalto AK 47 y las cinco pistolas Makarov de 9 mm, notando que estaban en buen estado y limpias. La provisión de municiones también era abundante.

Con su habitual desprecio por las armas de fuego, Taro comentó sarcásticamente.

"Hay suficiente para una pequeña guerra."

"No solo los presuntos partidarios de Gengis Kan pueden atacarnos. Hay ladrones de carretera y asaltantes de caravanas en el desierto," respondió Khulan con firmeza.

"No hay otro hombre en la República de Mongolia que esté tan familiarizado con la situación de seguridad en el país como el coronel Khulan," agregó Orghana.

Los pequeños pueblos se sucedían: Lun, Bayannuur, Avdzaga. Los cambios de rumbo y dirección eran frecuentes, y a medida que los kilómetros quedaban atrás, el aburrimiento invadía a los viajeros. Después de unos 250 kilómetros (160 millas), giraron hacia el noroeste y al llegar a Khushuut se detuvieron.

Allí comieron un ligero refrigerio. Khulan consultó a algunos aldeanos sobre el estado de la carretera hacia adelante y las condiciones climáticas, mientras Orghana prestaba atención. Cuando regresó con sus compañeros, Jack le preguntó.

"¿Qué están diciendo?"

"Los problemas comienzan aquí. La carretera se vuelve más dura y se avecina una tormenta."

Con esa perspectiva desalentadora, decidieron seguir adelante, mientras Jack reemplazaba a Ives al volante. Khulan sería el conductor final, por su familiaridad con el paisaje. Mientras tanto, el cielo se oscurecía.

40

Episodio 7

Desde Khushuut decidieron tomar un camino que iba al suroeste, pasando por Jargalant hasta unirse a otra carretera que se dirigía al noroeste. El panorama era la típica estepa mongola de pastos duros, y los viajeros dormitaban de vez en cuando, mientras los tres conductores del vehículo se alternaban para evitar que la monotonía del paisaje produjera un efecto hipnótico y les quitara los reflejos.

Dejaron atrás la aldea llamada Tsertserleg, y las suaves colinas verdes dieron paso a un desierto desprovisto de vegetación. Al pasar por Zaankhushuu, el mapa solo les mostraba un área desértica adelante. Ives estaba conduciendo nuevamente, y Khulan ocupaba el asiento del pasajero. En un momento, Orghana, que estaba sentada en la segunda fila de asientos, tocó el hombro del coronel, señalando una línea oscura en el horizonte.

Khulan respondió con preocupación.

"Sí, princesa. Ya la he visto hace diez minutos."

"¿Qué pasa?" preguntó Jack Berglund. "¿Qué es esa línea?"

"Es una tormenta de polvo," respondió el mongol. "¿En qué dirección se dirige?"

"Se nos está acercando rápidamente."

"¿Representa un peligro?" inquirió Ives.

"Mucho. Hay historias de caravanas enteras que son enterradas por estas masas de tierra en movimiento." El tono de Orghana estaba alarmado.

"¿Podemos encontrar algún refugio?"

"Imposible. Esta es un área completamente plana, sin bosques ni montañas."

"¿No podemos retroceder?"

"Jamás llegaríamos a tiempo. Estas tormentas viajan a velocidades mucho mayores que las de nuestro vehículo. Solo podemos rezar." Fue la tremenda conclusión de Khulan.

Las tormentas de polvo suelen originarse en el desierto de Gobi, situado en el noroeste de China y al suroeste de la República de Mongolia. Viajan grandes distancias antes de desaparecer en la atmósfera, y la ubicación de los viajeros estaba dentro del rango de estos fenómenos. Son bastante impredecibles, ya que aunque los más frecuentes ocurren en marzo y abril, todavía existen en meses tan distantes como octubre y noviembre. Los viajeros conocen las temibles señales que consisten en una especie de nube en forma de cigarro que aparece en el horizonte, en este caso desde el sur. Avanzan a gran velocidad, cubriendo no solo caravanas y viajeros, sino pueblos, ciudades y cultivos, arruinando la salud respiratoria de la población, estropeando sus cosechas, matando ganado y enterrando a innumerables viajeros en su camino.

Poco a poco, la atmósfera alrededor del camión cambió. El aire se estaba electrificando por el roce de las innumerables partículas de polvo con las moléculas del aire y entre sí. La visión frente a ellos también estaba sufriendo grandes cambios. De hecho, lo que anteriormente había sido un simple contorno en el horizonte ya adquiría relieve y grosor, y se distinguía claramente como una nube de color marrón claro con franjas más oscuras. Las primeras partículas de arena, adelantándose a la tormenta, comenzaron a golpear el parabrisas del vehículo, y la atmósfera frente a ellos se volvió menos clara. Los viajeros tenían los ojos fijos en la ominosa mancha que crecía a pasos agigantados. En el vehículo que los transportaba, Orghana, sentada en el asiento junto a los conductores, miraba directamente a la nube, observando cómo ganaba altura a medida que se acercaba, bloqueando el oscuro cielo.

43

EN UN PAR DE MINUTOS, la gigantesca nube marrón estuvo sobre ellos y envolvió el camión, de modo que los pasajeros perdieron de vista la extensión de la estepa que se extendía frente a ellos, y en cuestión de segundos ni siquiera veían la tapa del motor del camión en el que viajaban. La visibilidad cayó a cero y lo que había sido un fuerte silbido del viento se transformó en un rugido ensordecedor. Sacudido por la tormenta, el automóvil se tambaleó de lado a lado, amenazando con volcarse. Finalmente, la monstruosa nube cubrió completamente el paisaje, el motor dejó de funcionar debido a la contaminación que cubría el carburador y las bombas de inyección. Una ráfaga de viento llevó el camión de lado, lo hizo derrapar, lo levantó en su seno siniestro y lo giró. La naturaleza desconectó piedad los cerebros de la tripulación del vehículo mientras afuera los elementos se desataban furiosamente en medio del lúgubre rugido del viento.

Orghana sintió que alguien la sacudía vigorosamente por el brazo derecho. Abrió los ojos a medias, que afortunadamente habían estado protegidos del polvo por las gafas, pero cuando intentó respirar, sus vías respiratorias se bloquearon y tosió involuntariamente para despejarlas. Su boca también estaba llena de arena y escupió para poder hablar. Solo entonces se dio cuenta de que Ives era quien la había despertado de su desmayo. La mujer le sonrió débilmente; ya había notado la fortaleza y el valor del francés al verlo conducir en medio del tumulto de la tormenta, antes de que ambos perdieran el conocimiento; un sentimiento de admiración por el hombre había crecido dentro de ella.

"Ven, ayúdame con los otros tres," dijo Ives. En ese momento, el mongol tomó el control de la situación a su alrededor. El camión en el que viajaban, después de volcar varias veces sobre sí mismo impulsado por el viento, había quedado sobre sus cuatro ruedas, aunque el interior era un caos de paquetes y pertenencias. Orghana miró con temor debido a su reciente recuerdo y se sorprendió al ver un cielo despejado después de la tormenta. Mirando a su alrededor, vio que Jack, Taro y Khulan se movían torpemente por el suelo, limpiándose el polvo de la cara, las manos y la ropa. Jack y Khulan estaban claramente desorientados.

Desabrochó su cinturón de seguridad y, con dificultad al abrir la puerta de su lado debido a la arena acumulada frente a ella, salió del camión y ayudó a Taro a socorrer a los otros dos; la mujer suspiró aliviada al notar que ambos hombres estaban respirando y moviéndose, aunque Jack tenía un chorro de sangre en la frente debido a un golpe probablemente causado por algún objeto en el vuelco.

"Espero encontrar el botiquín de primeros auxilios en medio de todo este lodazal," dijo Taro dirigiéndose a su amigo. "Por suerte no necesitas puntos."

El japonés luego se volvió hacia Ives y le dijo:

"¿Querías venir al Este en busca de aventuras? Bueno, no puedes quejarte."

El francés sonrió débilmente, aún sin estar convencido de que no había sufrido ninguna herida en el tremendo vuelco del vehículo.

Jack también se acercó para comprobar el estado de sus compañeros.

"No podemos quejarnos. La furgoneta y nosotros que viajamos en ella estamos relativamente bien. Tendremos algunas tareas que hacer para que el motor vuelva a funcionar. El problema es encontrar nuevamente el camino que habíamos estado siguiendo. No está a la vista, simplemente desapareció del paisaje."

EPISODIO 8

Tan pronto como lograron hacer funcionar el motor del coche, regresaron a la última aldea a la que habían ido, llamada Zaankhushuu, para reabastecerse de suministros que se habían perdido en el vuelco y a causa del polvo; esto incluía agua, comida y combustible. La aldea también había sido golpeada por la tormenta de polvo y sus pocos habitantes estaban reclamando sus pertenencias dispersas, arreando su ganado y limpiando sus casas.

Después de una negociación amable, llegaron a un acuerdo con una familia local para poder usar las modestas instalaciones de la casa, lavarse, curarse las heridas y dormir en un lugar cerrado.

Al día siguiente desayunaron con la familia anfitriona, cuyos miembros solo hablaban un dialecto mongol, con quienes Orghana y Khulan discutieron las dificultades del viaje que les esperaba. Afirmaron ser arqueólogos en busca de signos de cultura tradicional, lo que era parcialmente cierto, y les informaron que no había ruinas en la zona de antiguas poblaciones, lo cual era predecible debido al carácter nómada de las tribus en el área, especialmente en el pasado.

Una de las hijas de la familia, una joven y bonita doncella, estaba mirando insistentemente a Ives Richart, lo que puso nerviosa a Orghana, ya que estaba explorando sus propios sentimientos por el francés: Taro, que no perdía detalle de las reacciones de la gente a su alrededor, miró la escena de celos con diversión.

Khulan dirigía la conversación hacia los temas que realmente les interesaban y reveló el sentimiento de orgullo que la imagen de Genghis Khan despertaba en estas personas sencillas. Cuando intentó indagar sobre la presencia de presuntos herederos del Gran Khan, el coronel encontró respuestas esquivas por parte de los locales, por lo que prefirió no profundizar en el tema para no levantar alarmas entre los seguidores del supuesto líder llamado Bataar.

En un momento, el cabeza de la familia anfitriona dijo, tras meditar. "Debéis tener cuidado con los bandidos que asolan esta región." "¿A qué te refieres?" preguntó Khulan. "Asaltantes de caravanas y viajeros. Roban caballos y camellos, destruyen coches, se llevan armas y comida e incluso agua, y matan a las víctimas, o las dejan morir de hambre y sed en el desierto. Gente muy cruel. De vez en cuando aparecen cadáveres de las víctimas, devorados por los buitres."

Un escalofrío recorrió los cuerpos de Orghana, Ives y Jack. El patriarca continuó. "Debéis evitar deteneros en cualquier lugar del camino, porque pueden emboscaros incluso bajo tierra. Debéis tener cuidado si veis señales en el horizonte, que pueden ser de hombres a caballo en marcha."

Jack dio una recompensa en dinero mongol a los amables anfitriones por su hospitalidad. Luego los viajeros quitaron el polvo del interior y exterior de la furgoneta, cargaron sus pertenencias y partieron de nuevo por la dudosa carretera que conducía a las montañas Tarvagatai, en su búsqueda del heredero de Genghis Khan.

Al salir, Taro recibió una de las misteriosas llamadas en su teléfono satelital y habló unas palabras en japonés, pero no comentó nada al respecto. Poco después, Jack vio destellos en una colina más alta que el resto del paisaje, producidos indudablemente por el sol en alguna superficie reflectante. Se lo indicó a Taro, que estaba sentado junto a él. El japonés le dijo. "No te preocupes, no hay peligro." Conociendo a su amigo, Berglund asoció esa respuesta con la llamada recibida anteriormente por el maestro de artes marciales.

Después de un par de horas de conducción, avistaron a la derecha de la carretera una diminuta aldea, que según el mapa de Google, se llamaba Teel, situada en suaves colinas y junto a una laguna de tamaño mediano.

Como ya se estaba oscureciendo, decidieron pasar la noche en el siguiente pueblo, llamado Tariat Xopro, más grande que el anterior y que según los mapas tenía un hotel y una casa de huéspedes. Los viajeros necesitaban poder ducharse, cambiarse de ropa, lavar algo de ropa sucia, comer decentemente y dormir en una cama limpia antes de continuar su camino.

Una vez que llegaron a la ciudad y se registraron en el hotel, Jack contactó al Dr. Richardson de la Comunidad Bluthund en Nueva York. En ese momento, sus compañeros lo dejaron solo para que pudiera hablar de manera reservada. Cuando terminó la llamada, Jack se unió a los demás. "¿Tienes noticias?" preguntó Taro Suzuki. "Sí, le expliqué a Richardson dónde estamos y me pidió que nos quedáramos aquí un par de días, a la espera de la llegada de Aman Bodniev, a quien conocen." Dirigiéndose a los otros tres compañeros añadió. "Aman es un chamán siberiano, que ya ha participado en numerosas aventuras con nosotros y nos ha salvado la vida más de una vez." "¿Pero está en Rusia o en Mongolia?" preguntó Ives. "Aman vagabundea permanentemente por todo el noreste de Asia, aparece en los lugares más inesperados."

El día fue generalmente de descanso, ya que la ciudad no ofrecía puntos de interés. Al bajar a desayunar al día siguiente, Ives se encontró mirando por la ventana de la cafetería hacia la calle y en un momento expresó cierta aprensión. "Mira a ese personaje que está frente a la puerta del hotel. Es realmente impresionante." Al asomarse, Jack exclamó en voz alta, con un tono festivo. "¡Ese es Aman Bodniev! Mira, Taro, es nuestro amigo." Después de mirar por la ventana y no responder, el japonés salió por la puerta del hotel, seguido por Berglund, y tras cruzar corriendo la calle, abrazaron al hombre afuera. Era un gigante de aproximadamente dos metros de altura, muy robusto, alrededor de sesenta años, vestido con un abrigo de piel y un sombrero siberiano del mismo material, que lo hacía parecer un oso polar. Finalmente, Jack lo arrastró hacia el hotel, donde Orghana, Ives Richart y Khulan estaban esperando en el vestíbulo.

Jack se encargó de las presentaciones y juntos improvisaron una explicación de la razón de su presencia en la República de Mongolia. Bodniev respondió en su rudimentario inglés. "El Dr. Richardson me explicó brevemente, pero no había entendido del todo cuál es la razón para reabrir un tema que ha estado cerrado durante siete siglos, y que puede encender sentimientos violentos."

Se quedaron hasta la hora del almuerzo intercambiando experiencias, y luego Jack mismo dijo. "Bien, ahora podemos cargar la furgoneta y salir hacia la etapa final de nuestra búsqueda."

Episodio 9

Desde Tariat Xopro, el sendero se dirigió hacia el oeste, con algunas oscilaciones por razones orográficas. Según el mapa, la distancia hasta el inicio de las montañas Tarvagatai era de unos 50 kilómetros, y el paisaje se volvía progresivamente más montañoso. Por esa razón, los viajeros duplicaron sus precauciones, ya que el terreno rocoso permitía la presencia de posibles asaltantes emboscados detrás de acantilados y en profundos valles. Mientras Ives conducía el camión y Jack actuaba como navegante, en las dos filas de asientos traseros, los otros cuatro viajeros estaban constantemente observando los costados del camino, los bajos picos montañosos que iban apareciendo y el rastro que dejaban atrás. En sus rodillas llevaban sus armas listas para enfrentar posibles ataques sorpresa. Khulan estaba entrecerrando los ojos mirando la escena con binoculares militares de alta potencia, y fue el primero en notar la primera señal inquietante.

"¡Ahí! En esa alta colina que está detrás de estas otras más cercanas." Dijo de repente.

"¿Qué ves?" Preguntó Orghana.

El coronel le pasó los binoculares.

"Veo tres puntos estáticos en la cima de la colina." Dijo la mujer.

"Son tres jinetes mongoles." Respondió el militar.

"Así es. Ahora están desapareciendo detrás de la colina. No cabe duda de que se han dado cuenta de que los descubrimos." Añadió la mujer.

"Esconderse los hace doblemente sospechosos." Dijo Bodniev. "No creo que estén solos."

"Sin duda son exploradores controlando el acceso a las montañas desde los centros poblados al este de las montañas."

"La única pregunta es si son ladrones de carretera o algo más." Añadió Suzuki.

"¿A qué te refieres?" Indagó Orghana.

"También pueden ser centinelas del presunto heredero de Genghis Khan, el líder al que llaman Baatar."

"Dos alternativas inquietantes." Dijo Ives mientras maniobraba el vehículo.

"Pero a las que debemos estar preparados para enfrentar, ya que estamos entrando en su territorio." Concluyó Bodniev.

A medida que avanzaba el invierno, la noche caía más temprano. Estacionaron el camión aprovechando el abrigo de unas altas rocas que emergían solitarias en el terreno de la estepa, parte de los primeros contrafuertes de las montañas Tarvagatai. De esta manera se protegieron del frío viento nocturno que ya comenzaba a soplar, y también evitaron que ojos hostiles detectaran su posición, particularmente cuando encendieron un fuego para calentar su comida, calentar las tiendas y ahuyentar a los animales salvajes.

Bodniev y Orghana prepararon la cena, y después de terminar, el ruso sacó una botella de vodka de debajo de su ropa, la cual hizo circular entre el grupo.

"Para combatir el frío desde adentro." Expresó.

Como todavía era temprano, comenzaron una charla alrededor del fuego, lo que les permitió conocerse un poco mejor. El shaman contó experiencias de sus extensos viajes por la taiga rusa, y Jack relató lo que sucedió con la reciente expedición en busca del Santo Grial, que había comenzado en la Patagonia argentina y terminado en la taiga siberiana.

Taro Suzuki observaba la dinámica de la escena sin participar en la conversación, y una vez que juzgó que ya había suficiente camaradería y confianza entre los miembros del grupo, que provenían de orígenes muy diversos, intercaló una pregunta decisiva.

"Orghana, creo que es hora de que nos digas quién eres."

Por lo inesperado, la frase produjo un prolongado silencio en la conversación. La mujer parecía un poco confundida y logró responder.

"Sabes, el almirante Donnelly me presentó, trabajo en la CIA y..."

Incluso a riesgo de parecer descortés, Suzuki la interrumpió y preguntó de nuevo.

"No, querida, esa es la versión que se nos presentó el primer día, pero ahora te pregunto quién eres realmente." Taro enfatizó la palabra "realmente".

Jack e Ives Richart se acomodaron en el suelo. Obviamente, todos estaban interesados en la respuesta a la pregunta del japonés, conocido por su sagacidad.

Cuando Orghana levantó la cabeza y los miró, algo había cambiado en ella, un intenso resplandor emergía de sus ojos y todos notaron el cambio. La mujer hizo un gesto con la cabeza; asintió a Khulan, como si le autorizara a hablar. El coronel mongol comenzó lentamente la narración.

"Cuando ocurrió la Revolución de Octubre en Rusia, en 1917, grandes luchas se desarrollaron por toda Asia, entre los bolcheviques y los contrarrevolucionarios llamados los Blancos.

"En Mongolia gobernaba un rey llamado Bogd Khan, pero luego fue expulsado por los chinos, que pusieron a un títere en su lugar. Un militar ruso partidario de la monarquía, el barón von Ungern Sternberg, puso a su mando un formidable ejército de guerreros mongoles, tropas nómadas con gran movilidad y poder de fuego, que, bajo el experto liderazgo militar de Ungern, expulsaron a los chinos del poder y reinstauraron a quien los mongoles consideraban su rey legítimo, Bogd Khan. El verdadero propósito del barón Ungern era restablecer el Imperio también en Rusia y poner a un Gran Duque en el trono de su país. Finalmente fue derrotado y fusilado por los rusos. En Mongolia, el rey permaneció un tiempo, después de haber prometido al pueblo restablecer el Imperio mongol de Genghis Khan, de quien era descendiente directo."

"¿De qué manera está relacionada Orghana con ese episodio?" Jack preguntó algo impacientemente. Taro hizo un gesto disimulado para frenar su impulso, mientras Khulan comenzaba nuevamente la narración.

"Orghana es en realidad la hija de un jefe de una poderosa tribu mongola, lo que la convierte también en descendiente del rey Bogd Khan. Pero hay más datos genealógicos."

"¿A qué te refieres?" Ives Richart insistió, evidentemente interesado en todo lo relacionado con la dama.

"Bogd Khan era un descendiente directo de Genghis Khan. Esa es la razón por la que todas las tribus le eran subordinadas."

"Eso también convierte a Orghana en descendiente de Genghis Khan." Concluyó el francés.

Khulan continuó hablando.

"Así es. Esa es su ascendencia paternal. Pero su ascendencia por parte de madre también es interesante."

Todos ya estaban absortos escuchando las palabras del coronel, quien continuó.

"La hermana mayor de Orghana, llamada Tsegseg, es la alta sacerdotisa del Tengrismo." En ese momento fue Bodniev quien interrumpió, ya que el tema le concernía directamente.

"El Tengrismo es la religión chamánica y animista de Mongolia. Es un rito que mezcla el chamanismo asiático tradicional con el budismo."

"Eso es el Tengrismo amarillo." Explicó Khulan. "Pero la madre de Orghana pertenece a la rama del Tengrismo negro, la verdadera religión original del pueblo mongol."

En ese momento Bodniev no pudo suprimir una exclamación. Jack miró a su amigo con sorpresa y preguntó.

"Bueno, Aman, por favor comparte con nosotros lo que sabes sobre este tema."

Episodio 10
Sentado en el suelo, Aman Bodniev se reclinó y entrecerró los ojos. Dirigiéndose a Orghana, dijo:

"Para empezar, conocí a tu hermana Tsegseg hace unos años, cuando estábamos tras la pista del tesoro del Rey de Mongolia, escondido por el Barón von Sternberg y sus hombres de sus enemigos. ¿La recuerdas?" Añadió refiriéndose ahora a Taro y Jack.

"Por supuesto que recuerdo a Tsegseg, un personaje inolvidable," respondió Jack Berglund, mientras Suzuki asentía. El chamán continuó su narración.

"Cuando su madre decidió retirarse por su edad, Tsegseg ocupó su lugar como Alta Sacerdotisa del Tengrismo Negro. No sabía que tenía una hermana menor."

Añadió refiriéndose a Orghana; una vez más, Khulan respondió por la dama.

"Orghana era una niña pequeña, y sus padres la enviaron primero a Europa y luego a los Estados Unidos, para salvarla de la persecución de los bolcheviques. A diferencia de hoy, fue un tiempo muy turbulento."

"¿Qué nos puedes contar sobre el Tengrismo Negro en particular?" preguntó Ives Richart, siempre interesado en todo lo relacionado con Orghana.

Aman continuó:

"Es un ritual antiguo, que data de antes de la época de los Grandes Khans. Desempeñó un papel importante precisamente en la época de Genghis Khan, en cuya corte era una práctica habitual. No debemos olvidar que sus súbditos atribuían un origen divino al Gran Khan; él era una encarnación de los dioses en la Tierra. Por otro lado, ya hemos dicho que el Gran Khan practicaba la tolerancia religiosa en su corte."

Khulan asintió, mientras Orghana escuchaba con los ojos fijos en el horizonte, aparentemente en trance. Bodniev prosiguió:

"El Tengrismo Negro está relacionado con la magia, a diferencia del Tengrismo Amarillo, que es una religión tradicional, pero nada más."

El rostro de Ives mostraba incredulidad; en voz baja murmuró:
"¿Hay una dosis de superstición en esa creencia?"
Aman respondió:
"Tu formación occidental te causa ese prejuicio, pero nosotros... me refiero a Jack Berglund, Taro Suzuki y yo, hemos visto cosas que no tienen explicación en esa mentalidad."
"¿Cosas como qué?" insistió el francés.

"La princesa Tsegseg ha heredado los poderes de sus antepasados. La tradición es que las Ugdans, es decir, las sacerdotisas, transmiten estos poderes a sus hijas mayores."
"¿Incluyendo poderes mágicos?" insistió Ives.
"Sí, así como la posibilidad de entrar en trances hipnóticos y tener visiones del futuro."

"¿Has sido testigo de esos poderes mágicos?" Esta vez, la pregunta de Richart estaba dirigida a Taro y Jack. Este último también se reclinó ligeramente en una posición de recuerdo. Su voz era profunda.

"Nosotros hemos visto a Tsegseg subir las laderas de la montaña y sorprender a sus enemigos desde atrás, violando la ley de la gravedad... Recuerdo su transfiguración en el altar cubierto de lingotes de oro del tesoro del Rey de Mongolia."

Suzuki asintió con la cabeza emitiendo un sonido gutural. Jack añadió, dirigiéndose al francés:

"Lo siento si esto entra en conflicto con tus creencias, Ives, pero es lo que hemos visto."

En ese momento, Khulan intervino en la conversación.

"Hay solo un punto en el que no estoy de acuerdo con la narración del Chamán Bodniev."

"¿De qué se trata?"

"La ugdan, es decir, la Alta Sacerdotisa en funciones, no solo puede transmitir sus poderes a su hija mayor, sino a todas las mujeres que están relacionadas con ella por lazos de sangre."

"No lo sabía." Admitió Aman.

"¿Es decir que su madre también podría haberle transmitido sus poderes a Orghana?" Ives preguntó con un extraño fervor.

"No se trata solo de una transmisión sobrenatural de energía, sino de un largo entrenamiento," respondió el Coronel.

"¿Entrenamiento en qué disciplinas?"

"Artes marciales, medicina natural, engaño y hipnosis de masas."

"¿Hipnosis colectiva? ¿Quieres decir que lo que hemos presenciado, Tsegseg caminando literalmente por el costado de la colina... ocurrió solo en nuestra mente?" preguntó Jack.

"No sabemos si ocurrió en realidad o solo en nuestras percepciones," respondió el ruso con su profunda voz.

Taro Suzuki decidió añadir información de su experiencia a la respuesta de Khulan.

"Como instructor de artes marciales orientales, estoy ciertamente al tanto de la tradición de enseñanza guerrera de las sacerdotisas mongolas transmitida a sus alumnas."

De repente, Ives se puso de pie frente al fuego, dio dos pasos hacia Orghana y preguntó:

"¿Te han entrenado tu madre y tu hermana en las artes del Tengrismo Negro, y te han transmitido sus poderes?"

Orghana también se puso de pie y dio un paso hacia Ives Richart. Lo miró a los ojos durante un largo rato, en el cual evidentemente estaba penetrando en la mente y el alma del francés. Una vez que llegó a la conclusión deseada, de sus labios salieron sonidos guturales en un idioma desconocido para los demás.

Richart se arrodilló y miró hacia el suelo. La mujer colocó su mano izquierda sobre su cabeza y luego pronunció otra frase igualmente incomprensible para los demás.

Incluso la ligera brisa nocturna se calmó, como si se asociara con la intensidad del momento.

Sin decir una palabra, Orghana tomó a Richart del brazo, lo levantó y lo llevó hacia su tienda, detrás de cuya puerta de tela desaparecieron. Khulan también se dirigió hacia su propia tienda.

Solo Jack Berglund, Taro Suzuki y Aman Bodniev permanecieron alrededor del fuego. El estadounidense lucía confundido.

Dirigiéndose al chamán, le preguntó a su amigo:

"Aman, estoy completamente confundido. Creo que entendiste mejor que yo lo que sucedió al final de la conversación, y quizás incluso entendiste lo que Orghana le dijo a Ives. ¿Podrías explicarnos?"

"Querido amigo. Mi conclusión es que nadie en esta misión en Mongolia es lo que dice ser. El idioma en el que Orghana habló es un idioma olvidado, conocido ahora solo por los altos sacerdotes y videntes que dirigen las mayores tradiciones mágicas de Oriente y Occidente. Yo soy un simple chamán de la taiga siberiana. No entendí todo lo que la Princesa Orghana dijo; pero he notado que ella reconoció a Ives Richart como un adepto de los ritos druidicos de la antigua Europa."

Luego señaló hacia la tienda de Orghana y añadió:

"Supongo que en este momento se está consumando la fusión de esas tradiciones de Oriente y Occidente, y que la que está al mando es la del Oriente."

"Todo esto es irreal," murmuró Berglund. Aman respondió:

"Lo que pasa es que es parte de una realidad diferente a la que tú y yo conocemos. Es una esfera brumosa que se encuentra entre el despertar y el sueño, pero no es menos real."

Episodio 11

El fuego se iba apagando gradualmente a medida que la leña añadida se consumía. Los tres hombres estaban juntos, cada uno sumido en sus pensamientos. Finalmente, Jack afirmó, dirigiéndose a Aman:

"Como dices, en esta misión nada es lo que parece, ni nadie es lo que nos dijeron al principio. ¿En qué podemos creer finalmente?"

Taro pensó por un momento y luego respondió:

"Orghana es de hecho descendiente del rey Bogd Khan, y hemos conocido a su hermana Tsegseg. Así como la hermana defendió con su vida el tesoro del antiguo rey, luchando con sus artes ocultas contra sus enemigos, también Orghana, criada en la misma cuna y con los mismos poderes, luchará para defender la herencia de Genghis Khan contra cualquier otro candidato que aparezca, a quien considerará un impostor."

"Es decir, que no está aquí solo como representante de la CIA, sino para luchar por los derechos de su familia," concluyó Jack.

"Así es. Tener razones personales para luchar en esta causa asegura que apelará a todos los medios para hacerlo, y aún no sabemos cuáles son esos medios," agregó Aman Bodniev.

"El problema es que, dado que tiene una agenda propia, no podemos estar seguros de que sus objetivos siempre coincidan con los de la Comunidad Bluthund. Debemos estar alerta para detectar desviaciones," dijo Jack con un tono deprimido. Luego añadió:

"¿Y qué debemos pensar de Ives Richart? ¿La historia con la que se unió a nuestra misión también fue una mentira?"

Bodniev respondió:

"Fue parcialmente cierta. El hombre es de hecho un erudito en su materia, pero también es un iniciado en las artes ocultas druidas, y como tal, también tiene su agenda oculta. Al encontrar a una sacerdotisa de Black Tengrism, se sometió de inmediato a ella, y hoy debemos considerarlo, junto con el coronel Khulan, como un subordinado de Orghana."

Jack analizó las respuestas. Como líder de la expedición, sentía el peso de la responsabilidad de tomar decisiones sobre el destino de la misión. Finalmente dijo:

"Está bien. La verdad es que en este momento parece que los objetivos de Orghana son compatibles con los de la Comunidad Bluthund, así que continuaremos con nuestra búsqueda. Voy a informar al Dr. Richardson."

Dicho esto, se levantó y se dirigió a su tienda. Taro hizo lo mismo, mientras Bodniev apagaba completamente las brasas del fuego para que al amanecer la columna de humo no revelara su posición a posibles enemigos.

Cuando entró en su tienda, Jack Berglund revisó su reloj, calculó la diferencia horaria y decidió llamar a Richardson en la ciudad de Nueva York. El inglés respondió de inmediato.

"¡William, todavía estás en tu oficina!" exclamó Jack con sorpresa.

"Sí, hoy estoy atrasado con mi trabajo. He pedido unos sándwiches y cenaremos con Louie en la oficina."

Louie no solo era el encargado de la vigilancia, sino una especie de asesor de seguridad para la Comunidad Bluthund. Jack entonces compartió las noticias del día, con especial énfasis en el verdadero carácter de Orghana e Ives Richart.

Richardson reflexionó por un momento sobre lo que Berglund había comunicado y luego respondió:

"Jack. Estoy de acuerdo con tu evaluación. Por ahora no hay conflicto entre las posibles motivaciones de Orghana y la tarea que le fue encomendada a la Comunidad por el almirante Donnelly. Creo que deberías seguir adelante con la misión, pero no dudes en abortarla si en algún momento te encuentras en peligro."

En otra de las tiendas, se producía un suave murmullo en la oscuridad absoluta del interior. Una voz femenina y una voz masculina susurraban en un antiguo idioma primordial, común a los orígenes de los hombres en todos los continentes, mientras se oía un suave ruido de manos moviéndose entre las sábanas.

"¿Realmente tienes poderes mágicos?" preguntó la voz masculina.

"¿Tienes dudas?"

"¿Por qué debería creer? ¿Qué es la magia?"

"¡Estás aquí conmigo, donde quiero tenerte! ¡Eso es la magia!"

El amanecer apareció en medio de una fuerte niebla. Los rayos del sol no podían infiltrarse en la humedad que brotaba de la tierra, y solo producían un brillo tenue y generalizado.

Aman Bodniev fue el primero en despertarse, luego se unieron Khulan y Taro Suzuki. Entre ellos encendieron un pequeño fuego en el que calentaron el desayuno, confiando en que la niebla no delataría su posición a posibles enemigos. El resto despertó y se unió a la colación para quitarse el frío de los cuerpos. Finalmente, Jack dijo:

"De todos modos, vamos a salir. Esta niebla es muy espesa y tomará tiempo levantarse. Conduciremos muy despacio, para poder ver al menos una pequeña parte del camino. ¿Quieres dejarme manejar?" le preguntó a Ives Richart.

"No, puedo hacerlo. Prefiero que actúes como navegador señalando el camino."

Apagaron el fuego, levantaron las tiendas húmedas de rocío y las metieron en la camioneta. Luego tomaron sus lugares en los asientos de costumbre, Orghana, Jack y Khulan llevando sus armas automáticas listas apuntando por las ventanas del vehículo.

El camino, que había sido ligeramente ascendente hasta ese momento, comenzaba a empinarse y los viajeros sentían el efecto de la subida en sus oídos. La visibilidad se limitaba a unos diez pies frente al auto, así que Ives conducía con mucho cuidado, sorteando las curvas del camino y las piedras en medio de la carretera, que obviamente nadie estaba cuidando. El motor de la camioneta Toyota necesitaba esforzarse más para la subida, y Ives había puesto la marcha de mayor tracción.

Un agujero se abrió en lo alto de la masa de niebla, permitiéndoles ver un pequeño trozo de cielo azul despejado. Al mismo tiempo, comenzó a soplar una brisa, agitando las masas de gotas de agua suspendidas en el aire y formando algunos remolinos locales.

"Soy optimista en que la niebla se despeje pronto," dijo alegremente Ives, quien tuvo que esforzar tanto sus ojos como su pie en el acelerador para conducir en esas condiciones.

"Y entonces veremos qué encontramos," añadió Taro con escepticismo.

En ese momento, una fuerte ráfaga de viento desde arriba sacudió la inmensa masa de humedad, llevándola casi instantáneamente. Los contornos del camino se hicieron efectivamente visibles, así como las pendientes de las suaves colinas circundantes.

Un grito de terror surgió de las seis gargantas, mientras miraban las cimas de las colinas ahora visibles.

Una línea de jinetes mongoles montados los rodeaba desde los tres lados, llevando en sus manos sus antiguos rifles.

Episodio 12

Al ver a los temibles jinetes frente a ellos con sus armas, ubicados a no más de treinta metros de distancia, el terror se extendió dentro del camión. Los viajeros más experimentados en acciones militares reaccionaron primero. "¡Son bandidos! Debemos salir de aquí de inmediato", gritó Khulan.

Ives tuvo un momento de incertidumbre, pero de repente la voz de Jack resonó a su lado. "¡Atropéllalos! A toda velocidad".

El francés salió de su estupor al instante y pisó el acelerador, poniendo el potente motor del Toyota a máxima revolución. Las llantas primero patinaron en el suelo, pero luego ganaron tracción, expulsando humo de la capa superior. El vehículo se lanzó sobre la línea compacta de jinetes.

Los mongoles que estaban directamente frente a ellos, al ver la bola de fuego que se precipitaba hacia ellos, intentaron dispersarse de inmediato, huyendo aterrorizados en todas direcciones. Uno de los caballos se asustó y no obedeció las órdenes de su jinete; al quedar frente al camión, fue lanzado a gran distancia hacia la derecha, mientras una gran mancha de sangre cubría el parabrisas del vehículo. El horror se apoderó de los seis ocupantes al darse cuenta de que el Toyota pasaba a toda velocidad por el cuerpo destrozado del jinete.

Ives mantuvo la presión máxima sobre el acelerador, y el auto voló entre los acantilados, dejando la línea de bandidos atrás.

Los mongoles, desorganizados por la inesperada acción del conductor, rápidamente volvieron a formar su línea, giraron sus caballos en la dirección opuesta y se prepararon para lanzarse en persecución de su presa, furiosos al ver a su compañero hecho pedazos en el suelo.

El camión alcanzó repentinamente la cima del acantilado y apareció un vacío frente a él. La inercia de la masa del vehículo era tan grande que Ives ya no tenía control del mismo y solo pudo aferrarse con fuerza al volante. De nuevo, el terror se apoderó de los viajeros al verse proyectados hacia un abismo que no podían ver, porque el frente del auto aún estaba dirigido hacia arriba. El vértigo se sumó al miedo.

Pronto, el camión bajó su parte trasera y pudieron ver que aún estaban en el aire, pero dirigiéndose a un valle verde bastante profundo y largo, aunque no a un acantilado. Todos contuvieron la respiración al darse cuenta de que en segundos el auto caería al fondo del valle, tras volar más de cuarenta metros, anticipando que el impacto con el suelo podría ser brutal.

Efectivamente, cuando las cuatro ruedas tocaron el suelo, se produjo un golpe muy fuerte en toda la estructura del vehículo, que se transmitió a los cuerpos de sus ocupantes. Afortunadamente, tras el impacto, el auto continuó rodando sin desarmarse. Desde dentro del camión surgió un formidable ¡Hurra! de seis gargantas al comprobar que seguían con vida.

Sin embargo, cuando Taro volvió la cabeza hacia atrás, vio claramente que los bandidos también se habían recuperado de la sorpresa y corrían tras ellos al galope.

"¡Nos están siguiendo y se acercan!" gritó el japonés desesperado.

Los viajeros fugitivos podían ver la magnífica eficiencia de combate de los caballos mongoles, cuyos cascos apenas tocaban el suelo a la velocidad de su movimiento. Una bala perforó la ventana trasera del camión. De hecho, una de las características de combate de los jinetes mongoles siempre ha sido la experiencia de disparar sus rifles a todo galope desde las espaldas de sus caballos.

Uno de los bandidos había aprovechado y se acercaba por el lado derecho del vehículo. Desde el asiento del pasajero, Jack vio al mongol claramente, tan cerca que pudo distinguir sus rasgos. El bandido preparó su rifle y Jack Berglund hizo lo propio. Ambos dispararon al mismo tiempo, y una vez que el fogonazo en el camión pasó, los ocupantes pudieron ver al jinete colapsar de su animal, que, aún a toda velocidad, lo arrastraba colgado de un estribo por mucho tiempo.

Bodniev palmeó el hombro de Jack diciendo:
"Veo que mantienes tu puntería a pesar del tiempo transcurrido".

"El entrenamiento mongol nunca se olvida, pero tampoco el de los Marines", respondió el estadounidense.

Pero la situación no mejoraba para los fugitivos. El Toyota ya corría por la parte baja del valle, que por suerte no presentaba obstáculos, pero ya se acercaba a la siguiente cumbre, detrás de la cual nadie sabía lo que se ocultaba.

"Nos salvamos porque, aunque tal vez los bandidos estaban emboscados esperando por nosotros, ellos también estaban completamente cubiertos por la niebla y no nos vieron venir. Tampoco pudieron oír el motor porque veníamos a baja velocidad y la niebla absorbe los sonidos", explicó Bodniev a sus compañeros sobre lo ocurrido minutos antes.

Detrás de ellos, los perseguidores seguían disparando, pero la mayoría de sus balas fallaban el blanco, aunque algunas golpearon la carrocería del auto, pero sin causar lesiones ni daños al vehículo.

La pendiente era ahora decididamente hacia arriba, y el motor tenía que luchar nuevamente para superar la ley de la gravedad, pero por el momento mantenía la velocidad.

"Para los bandidos también la pendiente es hacia arriba, y no cabe duda de que sus caballos ya deben estar sintiendo el agotamiento de esta persecución", dijo Taro. Bodniev, quien estaba sentado detrás del conductor, esta vez palmeó a Ives en el hombro diciendo:

"Tengo que admitir que has mostrado nervios de acero. Pocos conductores habrían salido de esta horrible situación".

En lugar de responder al cumplido, el francés señaló hacia adelante con la cabeza, diciendo:

"Ya estamos cerca de la cima, y lo que veo es una pared de roca frente a nosotros. No sé por dónde pasaremos. Aquí podría terminar nuestra fuga".

Sin embargo, Jack señaló un poco hacia la izquierda, expresando:

"Hay una grieta estrecha a nivel del suelo entre las rocas. Es una especie de ventana natural. Dirígete hacia allí".

El conductor desvió ligeramente su curso y comprobaron que, efectivamente, una hendidura se abría en la roca sólida.

"Espero que sea lo suficientemente ancha para que el auto pase", dijo Ives, mientras Orghana murmuraba una oración en el idioma perdido que utilizaba en sus prácticas religiosas. Khulan, que miraba hacia atrás a los perseguidores, de repente gritó:

"¡Algo pasa! Los bandidos están deteniendo a sus caballos y gesticulando hacia adelante. Están abandonando la persecución".

La frase del coronel produjo un alivio momentáneo, pero casi de inmediato Orghana gritó:

"¡Oh no! No otra vez".

Resguardados detrás de la línea de rocas que coronaba la cumbre, una cantidad de hombres armados aguardaba la llegada de los viajeros.

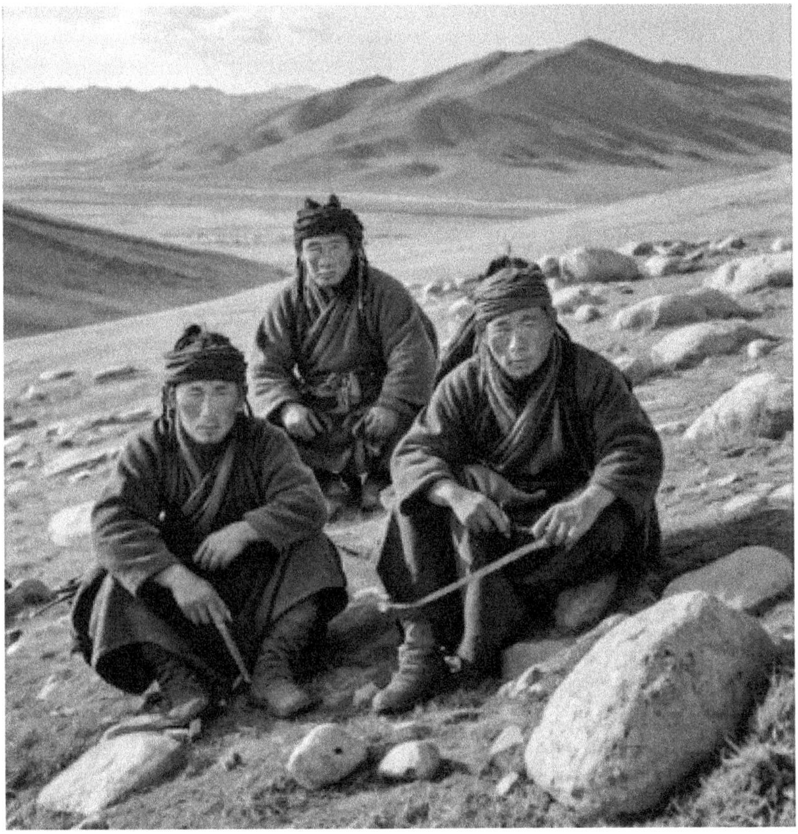

Episodio 13

Desesperado, Ives miró a Jack esperando instrucciones, pero el estadounidense negó con la cabeza y dijo: —No, esta vez no podemos resistir; no tendríamos ninguna oportunidad. Taro, desde el asiento trasero, añadió: —Además, no sabemos sus intenciones. Ciertamente no sabían que vendríamos aquí, así que una emboscada como la de los bandidos está fuera de cuestión. —Voy a salir del auto y hablar con ellos para averiguar quiénes son —dijo Khulan, abriendo la puerta trasera del vehículo y bajando con las manos en alto, tras dejar el rifle en el asiento. Se acercó a quien instintivamente parecía ser el líder del grupo, un imponente mongol, con dos cinturones de cartuchos cruzados sobre su pecho y un temible Kalashnikov en sus manos. Los demás viajeros vieron al coronel negociar con el hombre y pronto regresar al auto. Abrió la puerta y dijo: —Son centinelas que vigilan para evitar que los bandidos u otros intrusos entren en las tierras donde se han asentado desde hace dos años. Pertenecen a una tribu de origen étnico Khalkha, que ha sido gobernada por los Borjigin Khans, un subclan noble que proporcionó príncipes y princesas a Mongolia hasta principios del siglo XX. —Tribus, clanes, Khalkha... ¿qué significa todo esto para nosotros? —preguntó Jack confundido. —Es parte del mosaico étnico de Mongolia —respondió Khulan—. Pero lo realmente importante es que Orghana y su familia son parte del clan Borjigin, del cual estas tribus han sido vasallas durante siglos. —¿Es eso una buena noticia? —preguntó Ives. —Podría ser. Le expliqué al hombre con el que hablé quién es la princesa Orghana. Este hombre es solo uno de los sargentos del jefe de la tribu. Ya ha enviado a un emisario a caballo para pedir instrucciones. El jefe se llama Temük Khan, y es bastante poderoso porque comanda un gran grupo de tribus dispersas por esta zona. El campamento central está en el próximo valle, que es bastante amplio. Por esa razón tienen un control estricto de quienes se acercan desde el este. Por ahora vamos a acampar aquí y almorzar mientras esperamos instrucciones. —Buena idea. Tal vez podamos invitar a este sargento para ganar su buena voluntad —expresó Aman Bodniev. —Voy a invitarlo —respondió Khulan. Después de un rato regresó y dijo: —El sargento no acepta porque no quiere que sus hombres lo vean comer, y por la cantidad de ellos, no todos podrían participar en el almuerzo. Crearía resentimientos. —Está bien, pero hay algo a lo que no va a negarse —dijo Aman mientras sacaba a escondidas una pequeña botella de vodka de su ropa—. Dile que se acerque al camión.

Estaban comiendo tratando de ocultarse detrás del camión para no ofender a los centinelas. La escena tenía una ligera tensión por no saber cómo terminaría el viaje, pero en general la actitud de los hombres de la tribu no era hostil.

Después de dos horas, el sargento se acercó y dijo: —Temük Khan quiere conocer a la princesa Orghana. En el pasado conoció a su madre, la Alta Sacerdotisa. Todos podrán ir, pero debo retirarles sus armas, que se les devolverán cuando abandonen nuestro campamento. Los viajeros desarmaron el precario campamento que habían montado para comer, apagaron el fuego y entregaron a regañadientes sus armas al sargento, quien les dijo: —Ahora suban al vehículo y sigan a mi emisario hasta el campamento central. Conduzcan muy despacio en todo momento. Aman Bodniev deslizó la botella de vodka en el bolsillo del sargento, quien fingió no darse cuenta.

Tan pronto como cruzaron la cima de la colina con el vehículo, el panorama cambió por completo. Se abrió un valle ancho y llano entre las cadenas montañosas que se elevaban a ambos lados, formando un gran campo de pastoreo, en el que se veían grupos dispersos de vacas mongolas, cuidadas por pocos arrieros, algunos de ellos niños, y por manadas de perros. En general, el paisaje impresionó a los viajeros como algo apacible, particularmente después de tantas preocupaciones en las horas anteriores. Los ojos de Orghana brillaban de emoción al encontrarse de nuevo en el corazón profundo de su Mongolia natal, y el coronel Khulan la observaba con agrado. A medida que avanzaban hacia el centro del valle, las viviendas, al principio muy alejadas entre sí, se volvían más numerosas y grandes, posiblemente debido a la presencia de familias más importantes. Los viajeros observaban con atención las yurts, las viviendas tradicionales transportables de los mongoles y otros pueblos de Asia Central, compuestas por una estructura de madera dispuesta en un plano circular, formando un cilindro de gran diámetro y no muy alto, con altura creciente hacia el centro. Esta estructura se cubre con lienzos de lana y telas, y a veces con paja, lo que permite a los habitantes añadir o quitar capas según la estación del año para soportar los duros inviernos mongoles. Este tipo de vivienda, fácil de desmontar y transportar, constituye un elemento esencial del estilo de vida nómada de algunas de las tribus mongolas aún hoy. Las mujeres, en el pasado, eran responsables de armar y desarmar las yurts, y trabajando tres o cuatro mujeres podían montar una en un par de horas. Sin embargo, dado que las largas migraciones de las tribus son cada vez menos frecuentes, algunas de las yurts construidas hoy no tienen el carácter efímero de antaño y, aunque mantienen la forma general, están hechas con materiales más evolucionados y tienen detalles de mayor confort, incluyendo divisiones internas para brindar privacidad a los miembros de la familia. Mongoles de ambos sexos y de todas las edades circulaban entre las yurts, vestidos con las vistosas túnicas que llevan sobre los pantalones y otras prendas interiores. Estas túnicas están adaptadas a climas fríos y están teñidas de colores brillantes, a menudo con hermosos bordados de hilos de colores cálidos. Los hombres cubren sus cabezas con los clásicos gorros cilíndricos de piel, y las jóvenes suelen llevar en la cabeza tocados hechos con cuentas y otros elementos. En general, la vestimenta mongola, especialmente la de los más prósperos, tiene un alto grado de artesanía casera. Hombres de todas las edades paseaban conduciendo los pequeños y ágiles caballos mongoles, con sus monturas también con detalles artesanales. Muchos camellos se sentaban al sol, esperando ser cargados para comenzar las largas marchas de los comerciantes que realizaban intercambios comerciales entre las tribus vinculadas entre sí. El jinete que guiaba a los viajeros era saludado por los hombres que encontraba, demostrando el estrecho vínculo entre los miembros de la tribu. Finalmente llegaron frente a una gran yurt blanca, alrededor de la cual algunas mujeres realizaban trabajos de cocina o bordaban, sentadas al sol, mientras niños de diversas edades se entretenían en sus juegos, que, por lo que los viajeros pudieron discernir, representaban escenas de guerra. El guía desmontó de su caballo y les dijo: —Pueden bajar del vehículo. En unos momentos serán recibidos por Temük Khan. Una tensa expectativa se abrió para los viajeros, cuyo destino dependía críticamente de la actitud del poderoso jefe mongol.

Episodio 14

Después de una estudiada demora, el jefe Temük apareció en la puerta de su yurta, acompañado de quien sin duda era su esposa. Ambos se movían con la elegancia que se esperaría en una corte real europea del siglo XIX. Los dos cónyuges estaban vestidos con atuendos idénticos, aunque lógicamente adaptados al tamaño y sexo de cada uno. Una fina túnica cuidadosamente bordada con hilos de oro, azul y negro cubría toda la ropa que llevaban debajo. Las mangas, el cuello y los bordes inferiores de la túnica eran azules, el mismo color que el bordado. El Khan llevaba una faja azul en la cintura, y un gorro hecho con la misma tela que la túnica, con un forro de terciopelo azul. Sus botas estaban forradas por fuera con una tela negra exquisitamente bordada con volutas de hilo de oro.

Del sombrero del mismo diseño de la esposa colgaba una especie de trenzas de cuentas brillantes, que también repetían el diseño cromático del atuendo. La cintura de la dama era delgada, y tenía una sonrisa amable en su hermoso rostro. La apariencia del Khan era altiva pero no intimidante. Difícilmente se podría encontrar en ningún lugar del mundo una pareja real más deslumbrante.

Siguiendo un protocolo implícito, todos permanecieron en silencio hasta que el Khan decidió romperlo. Dirigiéndose a Orghana, dijo en mongol:

—Debes ser la hija de la Suma Sacerdotisa de nuestro culto a quien conocí en mi juventud. Tienes el mismo aire y los mismos rasgos.

Tranquilizada por la realización implícita de que Temük Khan era seguidor del Tengrismo Negro, lo que creaba un vínculo entre ambos, Orghana respondió en un tono respetuoso pero no sumiso:

—Así es, Khan. Recuerdo que mi madre hablaba de usted en mi infancia.

Por supuesto, esa afirmación no era cierta.

Temük continuó hablando en su tono neutral:

—Recuerdo que la Suma Sacerdotisa vino con una hermosa niña pequeña. ¿Eras tú?

—No recuerdo haber venido a sus tierras. Debe haber sido mi hermana mayor, Tsegseg.

—¡Ah! Sí, recuerdo ese nombre. ¿Cómo está ella?

—Bien. Cuando mi madre se retiró, Tsegseg fue nombrada como su sucesora por el Consejo de Ancianos del Tengrismo. Está totalmente dedicada al culto y al cuidado de su familia.

—¿Viven en Ulán Bator?

—No. Cuando hubo muchas revueltas en Mongolia, Tsegseg se mudó a Francia. Viene a este país dos veces al año.

Khulan tradujo al inglés para los viajeros, e Ives prestó particular atención a los detalles ignorados de la vida de su amada. Con un gesto muy suave, el Khan dijo:

—Esta dama es mi amada esposa, Begum Altansarnai, cuyo nombre significa Rosa Dorada.

Todos los viajeros inclinaron la cabeza respetuosamente hacia la dama, quien sin dejar de sonreír dijo a su esposo:

—Mi querido Temük, ¿vas a seguir hablando con nuestros visitantes en la puerta de la casa o les vas a mostrar nuestro hogar?

Sin sentirse molesto en absoluto por la suave reprimenda de su esposa, Temük Khan indicó con el brazo el interior de la amplia yurta diciendo:

—Por supuesto. Verán qué afortunado soy al tener una esposa que me ayuda con las tareas de dirigir los asuntos de mi tribu. Por favor, entren en mi humilde hogar.

Solo al entrar en la ger o yurta, los viajeros se dieron cuenta de la amplitud y comodidad interior de la casa. Su forma circular proporcionaba una sensación espacial muy diferente a la de las habitaciones occidentales, que en general son cuadradas o rectangulares. La mayoría de los maderos que componían las paredes de la yurta estaban cubiertos por muebles, algunos de inspiración tradicional mongola y otros de diseño occidental funcional. A los visitantes les sorprendió que el suelo de la casa estuviera cubierto de azulejos decorados, algo inesperado en una casa supuestamente transitoria de tribus nómadas. Sobre los azulejos, alfombras anchas cubrían partes de ellos, donde había grandes sillones e incluso partes de las paredes cubiertas por tapetes.

La yurta en la que entraron ciertamente no era la única que pertenecía al matrimonio del Khan y Begum, ya que en realidad era una gran sala de estar, con el comedor a un lado, equipado con una gran mesa rectangular. El centro estaba ocupado por una estufa o calefactor del tipo salamandra, de la cual emergía un largo tubo de metal vertical que llegaba al ápice del techo cónico, funcionando como respiradero de la casa y como salida para los humos de la calefacción y la cocina.

Al lado opuesto de la puerta había un aparador en el que se guardaban platos y manteles. La propia Begum Altansarnai se acercó a una tetera en la que estaba calentando agua sobre la estufa y vertió en las tazas que esperaban en la mesa. El coronel Khulan habló primero en mongol y luego en inglés:

—Temük Khan nos invita a compartir su té, el símbolo más alto de la hospitalidad mongola. Por favor, siéntense.

La ceremonia del té fue formal, siguiendo un estricto protocolo oriental, y la Begum se encargó de dirigirla en su calidad de dueña de casa. Durante media hora, Temük Khan y sus invitados intercambiaron recuerdos del pasado. En un momento, la anfitriona levantó los platos y salió de la yurta simulando otras actividades, pero con el propósito evidente de dejar que su esposo averiguara el motivo de la presencia de los distinguidos invitados en el campamento. En efecto, el Khan estaba guiando la conversación con gran habilidad hacia el viaje de sus invitados a ese lugar, perdido en las montañas de Mongolia.

Khulan miró a Orghana, quien le dio un leve asentimiento, de acuerdo con algún código gestual implícito entre ellos. El coronel fue directo al tema:

—Honorable Temük Khan. Sin duda debe preguntarse por qué una descendiente directa de nuestro ilustre Rey Bogd Khan ha aparecido en su campamento, especialmente sin una escolta adecuada, y de la forma en que llegamos a sus tierras, perseguidos por un grupo de bandidos que casi nos matan a todos.

—Como podrá imaginar, solo razones poderosas y urgentes podrían habernos obligado a emprender este viaje.

Todos se dieron cuenta de que Khulan había captado por completo la atención del anfitrión. El coronel continuó:

—Voy a pedirle a la princesa Orghana que explique ella misma esas razones.

Episodio 15

Los visitantes estaban emocionados al saber que Orghana iba a explicar al poderoso jefe tribal las razones de su presencia en las aisladas montañas del centro de Mongolia. Ya sabían que la joven era una fuente de sorpresas, así que querían escuchar qué nuevas revelaciones haría.

La dama fijó sus ojos en los de Temük Khan y fue directamente al grano:

"Miembros de mi familia han escuchado rumores de que cierto jefe que se hace llamar Baatar, y por lo tanto pretende ser un héroe descendiente directo de Gengis Khan, está agitando a las dispersas tribus nómadas e incitándolas a un levantamiento armado panmongol general contra las naciones establecidas en la región, como la República de Mongolia, China, la Federación Rusa y Kazajistán. Este impostor y los verdaderos instigadores detrás de él argumentan que si logran unificar todas las tribus, podrán generar una ola como la que siglos atrás llevó a Gengis Khan y a sus sucesores a crear el mayor imperio de todos los tiempos. Esta proclamación salvaje solo puede llevar a un baño de sangre en toda Asia Central y Oriental, como el que Gengis Khan mismo provocó en su tiempo, en una de las mayores carnicerías de todos los tiempos. Solo que hoy, un movimiento así se enfrentaría a todas las grandes potencias del mundo, incluyendo no solo a China y Rusia, sino también a Estados Unidos y Europa. El levantamiento sería destruido con los enormes medios militares de esas potencias, y una gran parte del pueblo mongol sería aniquilada sin piedad."

Orghana estaba visiblemente emocionada; antes de continuar, bebió un sorbo del vaso de agua que la Begum había dejado para cada asistente, y luego prosiguió:

"En nuestra calidad de descendientes legítimos del Rey Bogd Khan, y por lo tanto de Gengis Khan, los miembros de mi familia, encabezados por mi madre y mi hermana Tsegseg, es decir, la antigua y la actual Suma Sacerdotisa de nuestra religión, han asumido la misión de abortar este trágico levantamiento. Por mi edad y mi formación, fui la designada para llevar a cabo este propósito. Dado que los intereses de la CIA de Estados Unidos van en la misma dirección, me han incluido en la misión de la Comunidad Bluthund. Junto con mis colegas aquí presentes, nuestra tarea es obtener información que permita frustrar este levantamiento."

La densidad de la explicación de la joven era enorme, así como las implicaciones de su revelación. Todos los asistentes quedaron sin aliento y, por lo tanto, se tomaron un momento para reflexionar sobre lo expuesto por la Princesa. Jack desconocía que la CIA, y quizás las autoridades de la Comunidad Bluthund, estuvieran al tanto de la verdadera identidad de la joven, y se preguntaba algo molesto si Richardson lo sabía, y en ese caso, por qué no se lo había dicho, a pesar de que Berglund era el jefe de la misión. Ives una vez más quedó asombrado por la verdadera personalidad de la mujer que amaba, así como por su elocuencia. Taro Suzuki y Aman Bodniev ponderaban los roles de cada uno de los presentes y el verdadero alcance de lo que parecía ser una misión rutinaria de espionaje en Asia.

Temük Khan permanecía en silencio, sin duda porque su mente estaba procesando todo lo que había oído, y los demás respetaban ese silencio. Finalmente, el jefe tribal habló:

"Por supuesto, los miembros del consejo de ancianos de mi tribu están al tanto de los movimientos de los secuaces del llamado Baatar, y tenemos una gran preocupación y temor por la ruptura de la paz entre nosotros, que siempre es frágil."

En ese momento, la Begum reentró en la yurta. Sin decir una palabra ni pedir permiso a su esposo, se sentó a la mesa y se dispuso a participar en la reunión. Taro Suzuki, un fino observador de actitudes y protocolos, confirmó su suposición de que la dama no era una persona pasiva y modesta, según el rol que desempeñaba, sino un miembro importante en la dirección de los asuntos de la tribu, como ya había adelantado su esposo. Al ver a su esposa presente en la reunión, la voz de Temük Khan cambió y sonó más segura. Continuó diciendo:

"En este valle estamos rodeados de tribus belicosas e inestables, entre las cuales Baatar ha estado predicando. No podemos colocarnos en una posición francamente antagónica con ellos, ya que queremos preservar esa paz de la que hablé. Sin embargo, pueden contar con la protección mía y de mi tribu mientras estén en mis territorios. Es lo menos que podemos hacer por respeto a su madre y a su familia."

Los labios de la Begum mostraron una sonrisa complacida. Los viajeros recibieron la noticia con agrado, ya que, aunque el Khan no se comprometió a apoyarlos activamente en su misión, al menos les ofreció un refugio seguro durante su estancia.

La charla continuó y afuera ya estaba oscureciendo. Finalmente, Temük Khan dijo a los visitantes que lo rodeaban:

"Mañana hemos organizado una exhibición de jinetes mongoles para su disfrute. Espero que nos honren con su presencia."

Taro Suzuki, obviamente emocionado por la propuesta, se apresuró a responder en nombre de todos:

"Sí, por supuesto, estaremos encantados de ver las hazañas de los famosos jinetes mongoles."

Aman Bodniev añadió:

"El señor Suzuki es un renombrado maestro de artes marciales japonesas. Quizás podría enriquecer el desfile, por ejemplo, exhibiendo un kata."

"¡Ah! Maravillosa idea," respondió la Begum.

Los visitantes pudieron alojarse en tres yurtas que tenían subdivisiones interiores, preparadas para personas que estaban temporalmente en el campamento.

Quedándose solo en su habitación, Jack Berglund tomó su teléfono satelital y contactó al Dr. Richardson en Nueva York. Luego relató todo lo que había sucedido, incluidas las revelaciones hechas por Orghana sobre la comisión otorgada por la CIA en su calidad de miembro de una importante familia mongola. El inglés lo escuchó con preocupación:

"Lo siento, Jack, no tenía idea de que Lady Orghana ya tenía una misión acordada con la CIA. De lo contrario, te lo habría dicho, ya que en tu calidad de jefe de la misión te corresponde saberlo. Ese viejo zorro de Donnelly nunca me lo dijo."

Episodio 16

Cuando a media mañana del día siguiente fueron convocados por el emisario de Temük Khan y llevados a una gran llanura que se extendía a doscientos pasos del centro del campamento, no estaban preparados para el espectáculo que se desplegó ante sus ojos.

Ubicados uno al lado del otro en una línea perfecta, cien jinetes mongoles esperaban expectantes las órdenes de su jefe, quien estaba sentado con su esposa y otros miembros de su familia en una especie de palco dispuesto al lado de la llanura.

Temük Khan y la Begum vestían ropas formales que daban cuenta de su estatus superior, pero con una innegable connotación militar. El palco estaba cubierto por un dosel rojo con decoraciones multicolores y piezas de tela con textos escritos en alfabeto mongol con significados que los visitantes no entendían.

Los jinetes, que permanecían inmóviles, estaban montados en sus caballos con sillas de montar lujosas; cada uno llevaba en su mano derecha una lanza larga con un estandarte en la punta, mientras que en su mano izquierda sostenía las riendas del caballo y un pequeño escudo circular de metal con diversos diseños geométricos.

La brisa hacía ondear los estandartes y los mensajes escritos en las bandas de tela. Los jinetes, así como los aproximadamente doscientos espectadores de pie, permanecían en silencio, lo que daba a toda la escena un carácter solemne.

En un momento dado, Temük Khan, ubicado a unos cien pasos del lugar asignado a los visitantes, se levantó y levantó un sable ceremonial sobre su cabeza, en un gesto que dio inicio al espectáculo.

La fila de jinetes comenzó a moverse lentamente, extendiéndose por la llanura, hasta quedar nuevamente alineados pero de manera transversal a lo que habían estado antes. Luego, un oficial que estaba junto al palco del jefe tocó un cuerno de metal, y todo el vértigo se desencadenó instantáneamente. Un grito surgió de cien gargantas, y cien caballos, estimulados por las espuelas de sus jinetes, galoparon hacia el centro de la llanura. Los jinetes llevaban sus lanzas apuntando hacia adelante en una posición clásica de carga de caballería contra un enemigo imaginario situado frente a ellos. De hecho, postes de madera cubiertos con pieles de buey se erigían a unos doscientos metros por delante en el camino de la horda atacante. Al pasar junto a los postes, los jinetes clavaron sus lanzas en ellos, y cuando el polvo levantado por los cascos de los caballos se asentó, los viajeros pudieron ver las piezas de madera erizadas de lanzas con sus estandartes ondeando. Un escalofrío recorrió la espalda de los forasteros ante la temible carga de los jinetes mongoles. Jack Berglund y sus compañeros entendieron el terror que inspiraban siete siglos antes los predecesores de los mongoles en las poblaciones de toda Asia y en las puertas de Europa.

Los jinetes, al llegar a una línea imaginaria situada unos quinientos metros adelante, detuvieron repentinamente su galope y giraron en 180 grados, encarando el punto de partida. Tras un nuevo sonido del cuerno, los jinetes desenfundaron sus sables y galoparon de regreso, blandiendo sus armas sobre sus cabezas mientras gritaban sus consignas de guerra.

El espectáculo salvaje alcanzó su clímax cuando los guerreros pasaron nuevamente frente a los postes y, levantando sus sables, los descargaron sobre ellos, cortando los ejes de las lanzas, de modo que después del paso de la nueva carga de caballería, ninguna lanza quedó clavada en los postes.

Un formidable "¡Hurra!" surgió de las gargantas de los espectadores, al ver la temible eficiencia de sus jinetes. Temük Khan se levantó de su silla y dio unos pasos, saludando con su bastón al formidable grupo de guerreros de su tribu.

Taro Suzuki no pudo contener su entusiasmo y se levantó para unirse a la ovación, a pesar de su habitual temperamento controlado y alejado de las reacciones emocionales; le siguieron Jack Berglund, Ives Richart y Aman Bodniev. Tras el primer momento de admiración, fue el francés quien notó las ausencias.

"¿Dónde está Orghana? ¿Y dónde está Khulan?"

Los restantes viajeros se miraron entre sí, sorprendidos; ninguno había prestado atención a nada más que al contingente de jinetes y sus hazañas.

De repente, Jack dijo, señalando una vez más hacia la llanura.

"Miren allí. ¿Quién es esa?"

Cuando los demás miraron en la dirección indicada por el estadounidense, vieron a un jinete aislado galopando por la ahora vacía llanura, ante la mirada sorprendida de las autoridades en el palco, los cien jinetes mongoles y los doscientos espectadores, quienes daban por terminado el espectáculo.

Fue Ives quien reconoció, contra todas las expectativas, al jinete.

"¡No puedo creerlo! ¡Es Orghana!"

Forzando la vista, los visitantes restantes pudieron reconocer en la pequeña figura montada a la compañera de recientes aventuras.

La princesa espoleó su montura hacia una tienda donde, plantadas en el suelo con las puntas hacia abajo, había una serie de lanzas como las que los jinetes habían utilizado en su carga contra los postes de madera.

Con un tirón, Orghana levantó una de las jabalinas y, con ella en mano, aceleró hacia los blancos de madera. Las patas del caballo apenas eran visibles por la velocidad del galope, y pronto la figura fue engullida por la nube de polvo levantada por los cascos. La mujer se dirigió hacia uno de los postes que estaba en el medio de la fila transversal, y sin mover su cuerpo hacia los lados clavó la lanza en la mitad del diámetro del tronco.

Un clamor surgió de las trescientas gargantas que bordeaban la pista de maniobras ecuestres. Las lágrimas brotaron de los ojos de Ives Richart, mientras sus compañeros gritaban roncos de emoción.

Como había sucedido antes con los cien jinetes, Orghana y su caballo superaron el lugar donde estaban los postes. La mujer frenó al caballo, lo hizo cambiar de dirección y galopó nuevamente hacia los postes, pero esta vez desde el extremo opuesto. Al acercarse al blanco donde había clavado su jabalina, la mujer desenfundó un sable de la funda que colgaba de su montura y lo blandió sobre su cabeza. Pasó a toda velocidad por el lado del poste, y una vez que hubo superado esa posición, todos pudieron ver que la lanza clavada en la madera había desaparecido y solo quedaba un muñón en el tronco.

Ante esta demostración de habilidad, la reacción de los asistentes rozaba el delirio; los sombreros de piel mongoles volaban por los aires y los niños danzaban entre sí.

Extasiado, Temük Khan se secó los ojos con el borde de su mano. Con su fina intuición, entendió que había presenciado el nacimiento de un nuevo mito de su pueblo, esta vez de la mano de una de las famosas guerreras mongolas, cuyas hazañas cantaban las tradiciones que venían desde el fondo de la historia, mucho antes de Genghis Khan.

Episodio 17

Al finalizar su recorrido por los puestos, Orghana guardó el sable en su funda, pero no regresó a donde estaban sus compañeros; en cambio, dirigió su caballo a un lugar cercano a la tribuna de Temük Khan. Jack, Taro, Ives y Aman siguieron sus movimientos con la mirada, y pronto vieron que, cuando la mujer detuvo al caballo, el coronel Khulan se acercó y le entregó algo que no podían ver desde la distancia.

Al recibirlo, la princesa espoleó de nuevo a su corcel, que volvió a galopar en dirección a los puestos. Los compañeros pudieron observar que, a medida que se acercaba a los blancos estáticos, la jinete se inclinaba sobre el lado izquierdo del cuello del caballo, y cuando aún estaba a unos sesenta metros del poste central, sostenía con un brazo un arco; el otro brazo tensaba la cuerda en la que ya se había colocado una larga flecha emplumada. El caballo corrió unos veinte metros a toda velocidad mientras la mujer solo se aferraba a la silla con las rodillas.

LA FLECHA FUE LANZADA con gran fuerza debido a la tensión del arco y dio en el centro del poste, donde quedó oscilando debido a la energía que le había transmitido el brazo de la arquera. Al ver la hazaña, la multitud rompió en gritos, un nuevo ¡hurra!, enloquecida al ver que la joven extranjera había dominado la técnica suprema que distinguía a los jinetes mongoles en la época de Genghis Khan: acertar un pequeño objetivo con una flecha disparada desde un caballo al galope.

IVES SALTÓ DE EMOCIÓN y fue a abrazar a un mongol octogenario que acababa de lanzar su sombrero de piel al aire. Aunque el francés no podía entenderlo, el anciano le dijo que, cuando era niño, había oído hablar de esa hazaña, pero nunca la había visto realizada.

Cuando Temük Khan controló su entusiasmo y volvió a su asiento junto a su esposa, miró a los ojos a la Begum y le preguntó: —¿Es ella? La dama sonrió dulcemente a su esposo y respondió: —Sí, querido esposo. Esta es la sacerdotisa que has estado esperando toda tu vida, y ahora ha aparecido en tus tierras y en nuestras vidas.

Cuando Orghana terminó su exhibición de tiro montado, hizo un amplio círculo con su caballo alrededor de la llanura donde los espectadores se habían reunido para ver el espectáculo. Todos le dieron un aplauso emocionado al ver materializarse las tradiciones que les habían contado los ancianos. Finalmente, llegó en su recorrido circular frente a la tribuna de Temük Khan y, en ese momento, el animal decidió levantar sus patas delanteras, apoyándose solo en las traseras.

La princesa saludó a las autoridades en la tribuna levantando el arco con su brazo derecho extendido. Luego calmó al caballo excitado y desmontó, dando unos pasos hacia el Khan y su esposa, para luego arrodillarse. Inmediatamente, Temük se levantó de su asiento y corrió hacia su invitada, tomándola de la mano y haciéndola ponerse de pie, mientras la Begum también se acercaba a la joven y la tomaba de la otra mano. La pareja acompañó a Orghana hasta la tribuna, donde ya se había colocado otro asiento junto a los de Temük y su esposa. En ese momento, tanto el Khan como su esposa levantaron ambos brazos de Orghana, saludando a los asistentes. Una larga ovación de pie aprobó el acto simbólico.

Jack, Ives, Taro y Aman observaron la escena desde lejos, y aunque no podían comprender completamente lo que estaba ocurriendo, al menos interpretaron que su compañera estaba siendo admitida en el círculo íntimo del poderoso jefe mongol.

—Orghana ha seducido a Temük Khan, a su esposa y a su corte. Esto crea un nuevo vínculo con ellos —dijo Ives con esperanza. —Pero también puede crear nuevas limitaciones en nuestra misión —respondió Taro con un tono algo escéptico. —¿A qué te refieres? —preguntó Jack. —El jefe Temük no permitirá que nuestras actividades pongan en peligro la estabilidad y la paz de su pueblo. —Eso es cierto —admitió Aman—. Especialmente porque vinimos a investigar un tema con gran simbolismo para los mongoles.

Una vez que se disipó la emoción producida por la exhibición militar y el giro inesperado debido a la actuación de Orghana, los espectadores comenzaron a regresar a sus hogares, los cortesanos desmontaron la tribuna y los viajeros también volvieron a la yurta que se les había asignado. Un viento frío empezaba a soplar desde el norte, borrando las huellas de caballos y hombres en la llanura.

Jack y Aman comenzaron a improvisar una cena con varios tipos de alimentos que traían en su equipaje. Ives estaba nervioso por no tener noticias de la princesa y Taro trató de tranquilizarlo. —Tu dama no puede estar en mejor compañía —dijo. Aman, quien estaba presenciando la escena en silencio, susurró al oído de Jack: —Espero que eso no cambie la actitud de la chica hacia nosotros y nuestra misión.

Aman había avivado el fuego en el horno en el centro de la yurta cuando apareció un emisario en la puerta de la vivienda. Jack lo invitó a entrar; era un oficial de las tropas del Khan en uniforme ceremonial. El hombre dijo directamente: —El Khan los invita a cenar en su yurta, y luego a participar en una reunión con el Consejo de Ancianos de nuestra tribu. Ante la actitud vacilante de Jack, Taro se apresuró a responder en un tono formal: —Por favor, dígale al Khan que aceptamos con gusto la amable invitación y el honor que representa. Cuando el oficial se hubo marchado, Aman explicó la respuesta dada por el maestro de artes marciales: —Hay una diferencia entre esta invitación y el almuerzo que compartimos con el Khan y la Begum al mediodía. Esa fue una cortesía basada en la hospitalidad tradicional mongola, sin otro significado o compromiso. Esta invitación actual es la entrada a una reunión del grupo que decide los destinos de esta importante tribu. El Khan y su esposa han decidido poner a Orghana bajo su ala protectora, pero aún deben convencer a los ancianos, que son precisamente quienes lo eligieron como el gran Khan

94

Episodio 18

A la hora de la cena, el oficial que había transmitido la invitación de Temük Khan regresó. Ahora vestía uniforme de gala, por lo que Bodniev supuso que era un militar de alto rango en el pequeño ejército del Khan. Lo acompañaron caminando unos trescientos pasos hasta la yurta que Temük utilizaba en sus recepciones y que los supervivientes ya conocían. A medida que se acercaban, el exquisito aroma de la carne asada al espetón llegó a sus narices, y de hecho vieron a poca distancia de la casa a unos hombres asando varias piezas de carne en varas de hierro en forma de cruz clavadas en el suelo. Al entrar en la yurta principal, los asistentes ya estaban organizados alrededor de una larga mesa rectangular. En uno de sus extremos se encontraban Temük Khan y la Begum, y a ambos lados de ellos estaban varias personas jóvenes, sin duda parientes de la pareja; otros dignatarios se sentaban a lo largo de los lados largos de la mesa, y en el extremo opuesto estaban Orghana y el coronel Khulan. Taro, siempre atento a los protocolos de orientación, susurró a Jack. "Los lugares más importantes están en ambos extremos de la mesa. Aquí, en uno de ellos, están el Khan y su esposa, y en el otro, Orghana. Es un mensaje muy claro sobre la importancia de nuestra compañera." No solo su ubicación en la mesa denotaba el estatus de la joven; la prenda que llevaba era digna de una princesa oriental, y, por la similitud con la que llevaba la Begum, no quedaba duda de que el atuendo de Orghana era un préstamo de la esposa del Khan. La conversación fue superficial al principio, mientras se servían los platos de la cena, pero cuando llegó el momento del servicio de té, una verdadera ceremonia, Temük Khan comenzó a hablar en un tono más alto, de modo que el resto de los comensales, unas treinta personas, guardaron silencio. "Hoy hemos tenido la fortuna de presenciar cómo la princesa Orghana, que hoy está a mi lado, nos ha puesto en contacto con nuestras tradiciones de amazonas guerreras y nos ha devuelto una alegría que no experimentábamos desde hace mucho tiempo. Pero Orghana no ha venido a nuestro campamento solo para recordarnos nuestros orígenes en la época del Gran Gengis Khan. "Principalmente ha venido para desenmascarar a los impostores que están agitando a las tribus con proclamas falsas y promesas mentirosas, que solo pueden traer la ruina de nuestro pueblo, el fin de los tiempos prósperos que actualmente disfrutamos, y el derramamiento de ríos de sangre." Temük miró en dirección a la sección de la mesa donde se sentaban los ancianos del Consejo Gobernante. Como los conocía bien desde hacía muchos años, supo de inmediato que sus palabras expresaban los mismos pensamientos que todos ellos tenían en la cabeza. Todos temían el curso de los acontecimientos que desataría la llegada del agitador conocido como Baatar, porque sabían que desafiar a los poderes más altos de Asia solo conduciría a un final funesto para el pueblo mongol. Pero por otro lado también sabían que no tenían los medios para oponerse de manera efectiva a ese liderazgo mesiánico, que sabía cómo ganar la adhesión fanática de jefes tribales carentes de inteligencia y prudencia. Básicamente, lo que les faltaba a los ancianos y, en última instancia, también a Temük, era un líder alternativo que pudiera oponerse a Baatar frente a las masas de guerreros mongoles. Por eso, los ancianos más sabios habían comprendido lo que había cambiado tan rápidamente con la repentina aparición de la joven Orghana entre ellos, especialmente al saber que pertenecía al linaje del Rey Bogd Khan. Como era habitual, Taro Suzuki, un hábil intérprete de situaciones relacionadas con tradiciones orientales, de las que formaba parte, captó la esencia del propósito de su anfitrión Temük Khan al organizar esta cena junto con Orghana y miembros prominentes de su tribu. Se acercó a Jack Berglund, que estaba sentado junto a él, y le susurró. "Nuestra compañera, la princesa Orghana, es precisamente el cemento que estas tribus necesitan para enfrentarse a los peligros que las amenazan." Al final del discurso de Temük Khan, los ojos de todos los presentes se volvieron hacia la recién conocida princesa, obviamente con la expectativa de que les dirigiera un mensaje. Orghana se levantó de su silla, y solo entonces sus compañeros vieron la transformación que había ocurrido en su apariencia y actitud. La túnica finamente bordada con hilos azules y dorados ceñía su cintura y la hacía parecer más alta. Su rostro mostraba una inmensa paz interior y sus ojos brillaban intensamente. A pesar de que tenía que hablar ante un público que le era desconocido y que sin duda esperaba mucho de ella, la joven no parecía tener ninguna ansiedad. En realidad, este era el evento de su manifestación pública ante su pueblo, para el cual se había preparado toda su vida. Orghana sintió que, desde ese momento, dejaba de ser una agente de la CIA, una aventurera relacionada con la Comunidad Bluthund o cualquier otro rol que hubiera tenido hasta entonces, y se convertía, por legítimo derecho dinástico, en la líder de la renovación de todos los mongoles, un papel raramente desempeñado por hombres y nunca antes por una mujer. El coronel Khulan se había acercado a los viajeros y había traducido el contenido del discurso de Temük Khan. Nuevamente, fue Taro Suzuki quien interpretó plenamente el capítulo histórico que Orghana continuó en su discurso, recordando anécdotas del pasado guerrero del pueblo mongol, enseñadas a ella y a su hermana por su madre, la anterior Suma Sacerdotisa. Las narraba con los mismos detalles que había aprendido y memorizado de niña, lo que deleitaba a los ancianos del Consejo de la Tribu, quienes no habían escuchado estos relatos durante mucho tiempo, desde que los últimos sacerdotes del Tengrismo Negro habían tenido que huir debido a las persecuciones chinas. Finalmente, cuando ya estaba convencida de que había captado la atención de los ancianos, la mujer comenzó a mostrar sus cartas. "... Pero debemos asegurarnos de que los guerreros de las tribus nos reconozcan como los verdaderos herederos de Gengis Khan, y le den la espalda a Baatar. Para esto solo hay una manera de encontrar un argumento irrefutable que demuestre nuestra identidad..." La joven, con gran sentido teatral, hizo unos momentos de silencio para suspender su discurso. Luego continuó hablando. "Necesitamos encontrar la verdadera ubicación de la tumba de Gengis Khan, y necesitamos demostrar más allá de toda duda que quien está enterrado allí es el Gran Jefe." Un murmullo escapó de treinta gargantas al escuchar la audaz apuesta de la dama. A esto le siguieron unos momentos de deliberación entre los ancianos del Consejo. Finalmente, el mayor de todos ellos, sin duda el primus inter pares, se levantó de su silla y dijo. "Es la opinión de este Consejo que la propuesta de la princesa Orghana es aceptable, con la condición de que la búsqueda se realice de manera discreta para no alertar a Baatar y sus secuaces con anticipación, dándoles la posibilidad no solo de abortar la misión, sino también de tomar represalias contra nuestro pueblo en este valle, antes de que estemos listos para defendernos." Luego, esta vez dirigiéndose a Temük Khan, añadió. "El Consejo te autoriza a llevar a cabo la misión propuesta para encontrar la tumba de Gengis Khan, bajo la condición que mencioné."

Episodio 19

Orghana continuó su discurso recordando anécdotas del pasado guerrero del pueblo mongol, que su madre, la antigua Suma Sacerdotisa, le había enseñado a ella y a su hermana. Las relató con los mismos detalles que había aprendido y memorizado de niña, lo que deleitó a los ancianos del Consejo de la Tribu, quienes no habían escuchado esas historias en mucho tiempo, desde que los últimos sacerdotes del Tengrismo Negro habían tenido que huir debido a las persecuciones religiosas de los chinos.

Finalmente, cuando ya estaba convencida de que había captado la atención de los ancianos, la mujer comenzó a mostrar sus cartas.

"... Pero debemos asegurarnos de que los hombres de las tribus nos reconozcan como los verdaderos herederos de Gengis Kan y den la espalda a Baatar. Para lograr esto, solo hay una manera: encontrar un argumento irrefutable que pruebe nuestra identidad..."

La joven, con gran sentido teatral, guardó unos momentos de silencio y suspendió su discurso. Luego, continuó hablando.

"Necesitamos encontrar la verdadera ubicación de la tumba de Gengis Kan, y debemos demostrar, sin lugar a dudas, que el enterrado allí es el Gran Jefe."

Un murmullo escapó de treinta gargantas al escuchar la audaz propuesta de la dama. Siguieron unos momentos de deliberación entre los ancianos del Consejo. Finalmente, el mayor de todos ellos, sin duda el primus inter pares, se levantó de su silla y dijo:

"Es opinión de este Consejo que la propuesta de la princesa Orghana es aceptable, con la condición de que la búsqueda se lleve a cabo de manera discreta para no alertar a Baatar y sus secuaces con anticipación, dándoles la posibilidad no solo de abortar la misión, sino también de tomar represalias contra nuestro pueblo en este valle, antes de que estemos preparados para defendernos."

Luego, esta vez dirigiéndose a Temük Kan, añadió:

"El Consejo te autoriza a llevar a cabo la misión propuesta para encontrar la tumba de Gengis Kan, con la condición que mencioné."

El anciano se sentó y, esta vez, fue Temük quien se puso de pie.

"Encuentro que la recomendación del Consejo es muy sabia y prudente, y encomiendo a la princesa Orghana la misión de buscar y encontrar la tumba del Gran Jefe, con una condición adicional que añado en este momento. Cuando realmente se encuentre, el control y la vigilancia del sitio estarán a cargo de nuestra tribu. Seleccionaré a veinte guerreros entre los más valientes y experimentados de nuestros hombres para proporcionar protección a la dama Orghana y sus compañeros. Estarán bajo el mando de mi sobrino Altan, a quien todos conocen."

Un nuevo murmullo de aprobación recorrió la yurta. Nuevamente, Taro Suzuki susurró al oído de su amigo Jack Berglund.

"Creo que el sobrino designado, el jefe Altan, tendrá otra misión además de proteger a nuestro equipo."

"¿Qué quieres decir?"

"Creo que Altan debe asegurarse de que los beneficios del descubrimiento de la tumba de Gengis Kan vayan a Temük Kan y su tribu, y no a otros."

El estadounidense sonrió y respondió.

"Buena reflexión, Taro. Aprecio tu lucidez. No sé qué haría sin ti."

La reunión duró un poco más y luego todos los presentes se dirigieron a sus hogares. Mientras caminaba hacia la yurta que compartía con Suzuki, Jack estaba hablando con su grabadora en la mano para redactar un informe para William Richardson, el presidente de la Comunidad Bluthund. Al escucharse revisar lo que había sucedido esa noche, se dio cuenta de que el inglés iba a hacer muchas preguntas que no podría responder.

Al oír a su compañero de yurta discutiendo con el jefe en Nueva York, Taro decidió salir a caminar para darle más privacidad a su amigo. Al salir de la vivienda, vio una sombra que se dirigía hacia la casa que había sido asignada a la princesa Orghana. Luego esperó un momento en la puerta, hasta que se abrió y Taro pudo ver fugazmente a la mujer dentro, aún vestida con su túnica ceremonial; luego la sombra entró en la yurta y la puerta se cerró detrás de ella; Taro no tenía dudas de que el hombre que había visto de espaldas era Ives Richard, inconfundible por su alta estatura y figura delgada. Una sonrisa apareció en los labios del japonés. Detrás del endurecido maestro de artes marciales había un espíritu romántico.

Tal como había anticipado, el Dr. Richardson estaba poniendo a Jack en apuros con sus preguntas.

"Así que no solo Orghana tenía su propia agenda en Mongolia, sino que también tenía un plan perfectamente establecido para lograr sus objetivos. En realidad, es ella quien ha estado utilizando a la CIA y a nuestra Comunidad Bluthund para llevar a cabo sus planes, y no al revés."

"No creo que hubiera un plan detallado previsto de antemano," respondió Jack. "No olvides que llegamos al valle ocupado por Temük Kan y su tribu, perseguidos por bandidos mongoles, y que fue al entrar en su dominio que encontramos refugio. Hay un fuerte elemento de azar en todo lo que ocurrió. Los bandidos podrían habernos alcanzado y nuestros huesos estarían en el polvo de la estepa si no hubieran aparecido los centinelas de Temük."

El inglés cedió ante la evidencia, pero insistió.

"Tengo que hablar con el almirante Donnelly. Una cosa es buscar la tumba de un líder que murió hace ochocientos años, y otra es ponernos al frente de un contramovimiento que podría arrastrar a toda el área a una guerra civil."

"¿Dónde están los intereses del mundo occidental?" inquirió Jack.

"Eso es lo que no sé. Además, todo esto ocurre en las mismas fronteras de la Federación Rusa y la República Popular China. Sabes cómo se ponen paranoicos cada vez que alguien se entromete en su patio trasero."

"Algo así como la reedición del Gran Juego entre los imperios inglés y ruso en el siglo XIX."

"Sí, aunque en otra región de Asia, no en la India en la época de Rudyard Kipling."

Agotado, Jack se asomó por una ventana de la yurta. Desde allí pudo ver la vivienda de Orghana, y entre las cortinas vio las sombras de dos cuerpos con una débil luz proveniente de detrás. También adivinó la silueta del francés. La pequeña figura de Matsuko vino a su memoria y suspiró por no poder pasar con ella los mismos momentos que la princesa y Ives estaban disfrutando. En ese momento escuchó que Taro regresaba a la yurta que compartían; Jack cerró la ventana y se metió en la cama.

Episodio 20

A Temük Khan le tomó dos días preparar al grupo de guerreros que acompañaría a los viajeros en su búsqueda de la tumba de Genghis Khan. Todos los jóvenes de la tribu competían por el honor de ser parte del evento, ya que en los últimos tiempos los súbditos de Temük rara vez habían salido de su territorio y todos tenían una sed insaciable de aventura. Además, servir junto a una joven heroína que los había deslumbrado con su destreza era una fuente de inspiración.

La caravana se puso en marcha en las primeras horas de un jueves por la mañana, tras una noche muy fría que demandó un desayuno fuerte y caliente. Al frente del camión que llevaba a algunos de los viajeros y todas sus provisiones marchaban cuatro guerreros bajo el mando del coronel Khulan, cuyo rango había sido reconocido por Temük y los ancianos del Consejo. Detrás de la vanguardia iba Orghana, también escoltada por el sobrino del Khan, Altan; luego viajaban cinco camellos cargados con las tiendas y provisiones de los veinte guerreros del séquito, y finalmente un grupo de seis guerreros cerraba la retaguardia. Todos los hombres llevaban sus rifles al hombro y sables en las monturas, mientras que cada uno portaba la clásica lanza mongola en la mano derecha.

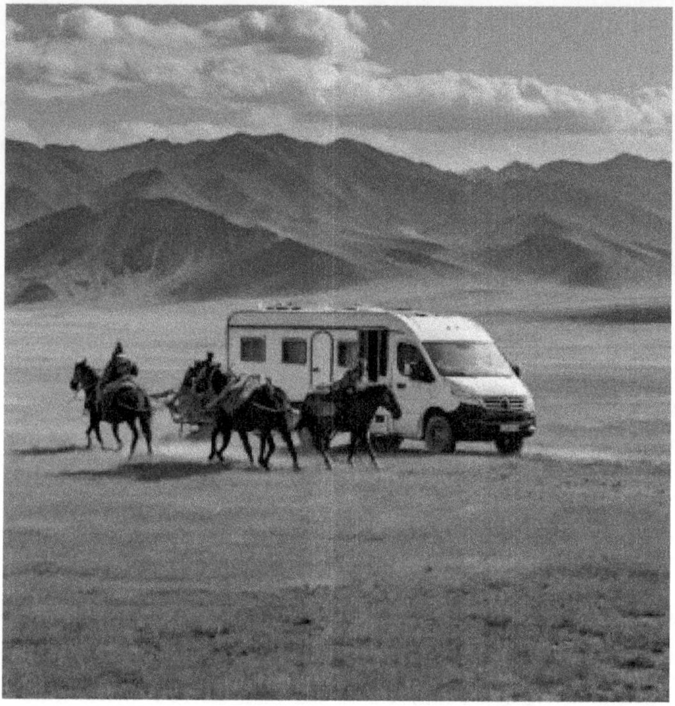

Para no despertar resistencia anticipada entre eventuales partidarios de Baatar que pudieran aparecer en el camino, la caravana se presentaba ante los pocos pastores mongoles y las aldeas y yurtas dispersas en la estepa como el séquito de una princesa, miembro de la familia de Temük Khan, que había vivido en el extranjero y ahora venía a convivir con sus parientes. El pretexto del viaje era presentar a la recién llegada ante las tierras de su tribu y sus vecinos. El resto del grupo, compuesto por Jack, Taro, Ives y Bodniev, se presentaban como empleados de la dama en su vida anterior fuera del país. Este era el prudente consejo dado por los miembros del Consejo de Ancianos a través de su portavoz.

Los caballos caminaban a un ritmo normal y solo trotaban en zonas deshabitadas, para no denotar prisa o ansiedad, dado el pretexto escogido para el viaje. Al pasar por las yurtas aisladas, los habitantes de las mismas salían de sus viviendas para saludar a los viajeros, quizás los únicos que pasaban por sus casas en quince o más días; de esta manera, el viaje tenía un tono festivo. Cuando llegó la hora del mediodía, la caravana se detuvo frente a una de las casas, y aunque los miembros prepararon su propio almuerzo, celebraron con los habitantes bebiendo una mezcla preparada por ellos. La idea, sugerida por Temük y sus asesores, era crear un clima favorable a la causa de Orghana para cuando se revelara la verdadera naturaleza de la misión, y evitar que los aldeanos se volcaran en favor del impostor Baatar en caso de conflicto.

Esa noche, mientras acampaban en medio de la estepa azotada por el viento, Jack contactó a Richardson en Nueva York y le narró las alternativas del viaje. El inglés aprobó la manera prudente en que se estaba llevando a cabo la misión.

Al cabo de otro día de viaje, al atardecer, uno de los guerreros de la escolta se acercó al coronel Khulan con su caballo y señaló un resplandor distante en una de las colinas al norte del camino.

"Nos están mirando con binoculares", informó el hombre de la escolta.

Khulan asintió, luego ralentizó su caballo hasta situarse junto al camión. Orghana abrió la ventana que había cerrado para evitar el polvo del camino y Khulan le informó. "Alguien nos sigue desde el norte. No sé cuántos son." "¿Quiénes crees que podrían ser?" preguntó la dama. "No puedo saberlo. Si son bandidos, cuando vean la escolta armada que llevamos, desistirán de atacarnos." "¿Y si son centinelas de Baatar?" preguntó Ives, que estaba siguiendo la conversación. "Lo más probable es que nos sigan durante un tiempo hasta formarse una opinión sobre nuestros propósitos", respondió el coronel. "¿Hablarán con los aldeanos con los que hemos estado?" preguntó Bodniev. "Lo más probable es que lo hagan", respondió Khulan. "Entonces no hay de qué preocuparse, ya que nos hemos presentado como una visita formal de un pariente lejano", argumentó Ives. "Cualquiera que aparezca en la estepa puede levantar sospechas. Además, a Baatar no le gustará que aparezca un competidor potencial que logre popularidad entre los campesinos que él considera su público natural, especialmente si detecta que este competidor tiene un carisma especial."

En ese momento, el jefe de la escolta, el sobrino de Temük llamado Altan, se acercó a caballo. Sus hombres ya le habían advertido que los estaban vigilando. "Voy a enviar a uno de mis exploradores para que observe a quienes nos espían", dijo. "Es decir, espiar a los espías", agregó Jack. "Así es. Este hombre es mi mejor explorador. Sabe hacerse invisible aunque esté a pocos pasos. Él y su caballo se deslizan entre las rocas como el viento."

En unos momentos apareció un guerrero veterano. A pesar del intenso frío de la tarde, iba vestido con un abrigo ligero; montaba un pequeño caballo sin silla; el hombre estaba armado solo con un sable y las patas del caballo estaban envueltas en trapos para evitar hacer ruido al galopar por la estepa o caminar entre las piedras. A una señal de Altan, galopó hacia las colinas donde habían visto el brillo de los binoculares.

Altan dijo:

"Por ahora nos vamos a quedar en este lugar y montar un campamento momentáneo, para que los que nos espían tampoco se muevan y mi hombre tenga tiempo de acercarse a ellos para determinar sus intenciones."

Jack estaba meditando y Taro Suzuki le preguntó: "¿Qué piensas?" "Estoy pensando en la paradoja de esta situación. Tareas de inteligencia, espionaje y contrainteligencia en medio de este desierto." "Estas tareas son una constante en esta parte de Asia en todo momento. Desde la época de los imperios inglés y ruso y su competencia en el Hindustán, en el llamado Gran Juego, hasta las situaciones de conflicto y rivalidad entre Rusia y China, China e India, India y Pakistán, y muchas más, siempre ha sido así. La mayoría de estas misiones de espionaje se realizaron y se realizan en desiertos como el Gobi, en las montañas más altas del mundo en el Himalaya, y en las estepas desérticas. A menudo las llevan a cabo pequeños grupos de hombres muy móviles, como en nuestro caso."

Episodio 21

El explorador enviado por Altan para infiltrarse detrás de las colinas donde se había avistado a hombres de origen desconocido, un kazajo llamado Türk, trotó con su caballo en un amplio círculo hacia el norte, en lugar de dirigirse directamente hacia su objetivo. La razón de esta táctica era evitar ser visto por posibles centinelas hostiles que se movían detrás de las colinas bajas. Aunque en esta maniobra no siempre tenía a los supuestos enemigos a la vista, su instinto y sentido de la orientación lo guiaban en todo momento.

Cuando estimó que ya había superado la posición de sus objetivos, giró las riendas de su caballo y comenzó a acercarse por detrás de los sospechosos. Pronto, sus sentidos, particularmente el oído, detectaron signos inconfundibles de presencia humana; pequeños sonidos traídos por la brisa que soplaba desde el valle, así como un ligero olor a madera quemada por algún fuego que los centinelas habían encendido. Türk dejó su caballo en un pequeño hueco y continuó la aproximación a pie. Altan les había dicho a los viajeros que su explorador tenía "alas en los pies," y efectivamente, a pesar de su edad, el kazajo se deslizaba sobre las rocas con total sigilo, sin emitir ningún sonido ni mover piedra alguna en su camino. Al asomarse detrás de una roca afilada, pudo distinguir eficazmente a los centinelas apostados en la cima de una colina más baja que la posición de Türk en ese momento, de modo que podía verlos desde atrás y desde arriba. Para acercarse más, tomó extremas precauciones y comenzó a arrastrarse sobre su vientre para poder escuchar las conversaciones de los sujetos. Eran tres mongoles, uno de ellos mayor y los otros dos jóvenes. A unos cien pasos de distancia, Türk podía ver a los cuatro caballos mongoles que intentaban masticar las duras hierbas que crecían en otro pequeño hueco similar al que el propio kazajo había dejado a su caballo. Los centinelas habían encendido un pequeño fuego sin humo y hablaban en voz muy baja en un dialecto mongol. Otra ventaja de Türk para actuar como explorador era su fino oído y su dominio de todas las lenguas y dialectos que se hablaban en esa frontera de Mongolia.

Ya era noche cerrada cuando Altan se acercó a las tiendas de los viajeros restantes y les instó en voz baja a unirse a él en un rincón de la llanura donde habían acampado. El fuego que habían encendido al anochecer se estaba apagando por falta de material combustible y el área estaba casi completamente a oscuras.

"Mi explorador ya está regresando de su misión," explicó Altan. Efectivamente, algunas figuras emergieron de las sombras, y los viajeros reconocieron al hombre llamado Türk y a su montura. Como buen habitante de Asia Central, el kazajo primero se ocupó de su caballo; le quitó los trapos que cubrían sus cascos y le trajo un cubo de agua; mientras el animal bebía, sacó la sencilla montura que llevaba. Luego se acercó al grupo de viajeros. Altan le preguntó en dialecto mongol. "Bueno, ¿qué has visto y oído?" Türk comenzó a hablar mientras el coronel traducía sus palabras para Jack, Taro, Ives y Aman Bodniev. "Los tres hombres son efectivamente centinelas de una de las tribus que siguen a Baatar. Han sido colocados en esa posición, a la salida del valle habitado por la tribu de Temük Khan, precisamente porque dudan de la posición que este jefe adoptará con respecto al levantamiento de los pueblos que Baatar planea llevar a cabo. Por la forma en que hablaban los centinelas, parece que planean moverse en breve, cuando su líder regrese de un viaje al oeste de Mongolia, y que esperan que la rebelión sea muy fuerte, con muchas tribus nómadas adheridas. Por la manera en que hablaban, sembrarán el terror entre quienes no se unan a sus filas. Son gente decidida a ejercer la violencia."

Un largo silencio siguió a las palabras de Türk. El impacto de la revelación fue muy fuerte, principalmente para Orghana y Khulan. El explorador continuó hablando.

"Han enviado a un cuarto hombre al pequeño pueblo en el que estuvimos antes de llegar aquí. Parece que tienen un informante allí."

Los viajeros se habían sentado todos sobre lonas en el suelo del desierto. Visiblemente alterado, Altan se levantó y dijo: "No permitiré que la información que ponga en peligro a la princesa Orghana y a mi pueblo llegue a Baatar." Tomó su sable de dentro de su tienda y se dirigió al lugar donde estaban los caballos, preguntándole a Türk: "Voy a llevarme tu caballo, prepáralo para viajar con sigilo como lo hiciste antes." Los dos hombres se perdieron en las sombras, y después de un rato se escucharon los ligeros pasos del caballo del explorador.

"¿Qué va a hacer Altan?" preguntó Ives Richart. "No creo que te gustaría saberlo. Déjalo actuar," fue la dura respuesta de Aman Bodniev.

En la oscura noche sin luna y con solo la luz de las estrellas que cubrían el cielo mongol, Altan viajó en dirección opuesta al camino que los había llevado desde el último pueblo hasta el lugar donde estaba la caravana. Él también tenía un sentido de orientación altamente desarrollado por sus largos viajes a través de la estepa en todo tipo de climas y estaciones del año. Un pensamiento dominaba su mente. Cuando el cuarto centinela de Baatar regresara del pueblo para reunirse con sus compañeros e informarles de lo que había aprendido de los aldeanos, Altan lo interceptaría y lo obligaría a hablar. Nadie sabría jamás qué le sucedió al secuaz de Baatar, su cuerpo y su caballo nunca serían encontrados.

Esa noche los viajeros no pudieron descansar. Saber que Baatar había extendido sus redes a su alrededor, y que planeaba mover las tribus en breve, era un pensamiento aterrador. Intuir lo que Altan estaba a punto de hacer para evitarlo también era motivo de inquietud.

A pesar de su valentía digna de una guerrera, Orghana estaba visiblemente alterada. Ella también se levantó y, al pasar junto a Ives Richart mientras se dirigía a su tienda, le susurró: "Sígueme." Cuando ambos entraron en la tienda de la dama, ella comenzó a desvestirse y le dijo a su compañero: "Ahora, hazme el amor."

Episodio 22

Altan liberó la presión de sus manos sobre el cuello del hombre. El jinete mongol medio asfixiado tosió varias veces antes de poder respirar con normalidad. El terror se reflejaba en sus ojos; sabía que su vida estaba en manos de su enemigo desconocido, que lo había derribado de su caballo desde las sombras y le había apretado el cuello hasta que confesó lo que había aprendido en la aldea. Efectivamente, los secuaces de Baatar tenían un informante en la última aldea por la que había pasado la caravana de Orghana, y este informante le había comunicado al jinete sus sospechas sobre la dama y sus propósitos. Cuando Altan preguntó al prisionero si el informante había narrado sus sospechas a alguien más, la respuesta fue negativa. Simplemente, nadie había pasado por la aldea desde que los viajeros liderados por Khulan estaban allí.

"Por favor, no me mates", imploró el centinela de Baatar.

Altan consideró la situación objetivamente. Si dejaba ir al hombre, podría advertir a sus compañeros, quienes eran los que lo habían enviado, sobre la emboscada que había sufrido; era un cabo suelto peligroso. Por otro lado, el sobrino de Temük Khan era reacio a derramar sangre innecesariamente. Finalmente tomó una decisión arriesgada.

"Bien, te dejaré ir, pero debes abandonar Mongolia de inmediato. Los que van a buscarte de ahora en adelante son tus propios compañeros. Lo mejor para ti es que ellos crean que estás muerto. Lo que voy a hacer ahora ellos nunca te lo perdonarían".

Altan se puso de pie, aflojando también la presión que su rodilla ejercía sobre el pecho del jinete. Procedió a desarmarlo y también a sacar las armas del caballo, que miraba expectante la situación de su dueño. El mongol tambaleó al ponerse de pie, se montó en su caballo y pronto ambos se perdieron en las sombras del desierto asiático en una noche sin luna.

Altan, a su vez, montó el caballo que había llevado y se dirigió hacia la aldea. Los cascos de su caballo, cubiertos de trapos, no hacían ruido que pudiera despertar a los aldeanos; el tema era eludir a los perros. El centinela apresado le había contado no solo quién era el informante de Baatar, sino la ubicación de su yurt en la aldea. Esta vez Altan sabía que no podía ser misericordioso. El informante que vivía en la aldea fuera de las tierras de Temük Khan era un peligro permanente para su pueblo, y la única solución era eliminarlo, lo que a su vez serviría de ejemplo para otros potenciales traidores.

En el espacioso saco de dormir de Orghana, los besos y caricias habían tenido su efecto excitante. La dama susurró al oído de su amante francés lo que ahora esperaba de él. Ives sonrió y su cabeza comenzó a descender por el torso de la mujer, haciéndola sentir su cálido aliento sobre su piel. Cuando alcanzó el nivel de su vientre, comenzó a revolverse de emoción. La dama se preparó para recibir de su amante una experiencia que siempre había deseado.

El desierto de Asia Oriental albergaba sentimientos intensos, y se sabía que las mujeres mongolas eran decididas en buscar satisfacción de todas las maneras. Orghana, en particular, por su personalidad y su educación, sabía muy bien lo que quería en lo que respecta al amor, y ya había decidido que Ives Richart era el indicado para concedérselo.

La primera luz del alba comenzaba a iluminar las cumbres de las montañas del este cuando se escuchó el sonido de los cascos de un caballo en el campamento, amortiguados por los trapos que los cubrían. El coronel Khulan, el único que estaba despierto tras haber permanecido toda la noche en vela, esperando el desenlace de la tarea de Altan, abrió los ojos al ver las sombras que se acercaban; por si acaso sacó su pistola de la funda y la amartilló, pero pronto se sintió aliviado al reconocer las figuras de Altan y su caballo. El coronel se puso de pie y se acercó al recién llegado, que se estaba desmontando.

"Bien, ¿has podido cumplir con tu tarea?" preguntó sin más comentarios.

"Sí. Ya no pondrán en peligro la seguridad de nuestra tribu".

Khulan adivinó lo que esa respuesta implicaba, no hizo más preguntas y se fue a dormir, prácticamente vencido por el sueño. Antes de hacerlo, despertó a Jack para continuar la vigilancia nocturna del campamento.

Al día siguiente, después de un desayuno caliente que quitaría el frío de la noche en la estepa, Jack dio la orden de partir con la caravana, organizada como antes, con una vanguardia de jinetes liderada esta vez por Altan, luego el vehículo motorizado con los viajeros extranjeros, seguido por Orghana y Khulan a caballo, seguidos por camellos con provisiones y sus conductores, y finalmente la retaguardia de jinetes. El explorador había anticipado reconocer el camino por delante de ellos, como su papel requería.

Después de mediodía durante la marcha, aparecieron en su camino algunas colinas rocosas de mediana altura; las cumbres de las montañas no estaban cubiertas por las hierbas que cubren la estepa asiática, y así mostraban el sustrato mineral.

Jack ordenó detener la caravana para poder escalar la cima de la montaña más alta y desde allí observar la llanura circundante, buscando en particular signos de contingentes armados que pudieran estar asociados con los seguidores de Baatar, o tribus nómadas errantes y sus rebaños.

Jack, Taro, Khulan y Altan escalaron las rocas más altas, ubicadas a unos cien metros de altura, con mucho esfuerzo en la parte más alta, bastante empinada. Desde allí, y con sus binoculares, se dedicaron a examinar cuidadosamente el paisaje circundante. De hecho, en el borde sur del campo de visión reconocieron un campamento nómada con lo que parecía ser un rebaño de ganado bastante grande, señal de una tribu importante.

Orghana también quería escalar las colinas, para poder contemplar desde allí el panorama de su país, Mongolia, que no conocía bien. Le pidió a Ives que la acompañara en su ascenso, ya que el francés era un experto en montañismo y trekking en las montañas de Europa. Ambos llevaban pistolas y dagas para enfrentar las posibles sorpresas que pudieran surgir en los entornos salvajes que iban a atravesar.

Episodio 23

Después de escalar los últimos acantilados, que requirieron bastante trabajo, llegaron al punto más alto de la montaña y, de hecho, de todas las colinas circundantes. Cuando aparecieron sobre la roca que marcaba la cima, el esfuerzo de la ascensión fue recompensado por el panorama que se abrió ante sus ojos. En un cielo despejado, la visibilidad era muy grande y abarcaba una amplia área de la estepa y las montañas mongolas. Campos cubiertos de hierbas verdes se extendían por millas alrededor, su monotonía interrumpida por pequeños puntos que marcaban las ubicaciones de aldeas, viviendas aisladas y rebaños.

Orghana llegó primero y estaba extasiada contemplando el paisaje. Ives llegó inmediatamente, exhausto; se apoyó en el primer plano sobre la piedra de la cima. La mujer tomó su mano y lo acercó a ella.

"¡Mira qué belleza! Esta es mi Nación." Dijo, con la voz quebrada por la emoción, sin apartar la vista del espectáculo que tenían delante.

El francés envolvió su brazo alrededor de la cintura de la dama y acercó su cabeza a la de ella, poniéndolas en contacto, lo que era posible porque la mujer estaba de pie en un escalón de roca más alto. Así permanecieron durante mucho tiempo, mientras sus retinas se llenaban de amplitud, sol, el azul del cielo y el verde claro de la hierba infinita.

"Tienes razón para estar orgullosa de tu país." Dijo el hombre.

"Eso, viniendo de un francés siempre tan atento al patriotismo, es muy halagador." Respondió Orghana, mientras giraba su cuerpo ahora para enfrentar no el panorama, sino directamente a su pareja. Envolvió sus brazos alrededor del cuello del hombre y, acercando su rostro, besó sus labios; Ives apretó la mano que rodeaba su cintura, atrayendo su cuerpo hacia el suyo. La dama sonrió y dijo.

"Quiero que hagas el amor conmigo otra vez."

"¿Aquí? ¿Entre estas piedras?"

"Delante de este inmenso horizonte; tengo una razón para desearlo."

"¿Qué razón?"

"Quiero quedarme embarazada de ti. Ahora y en este lugar."

"Sabes que no puedo garantizar eso."

"Pero también sé que puedes intentarlo. Encuentra un lugar que sea el nido de nuestro amor." Tomando a la dama de la mano, Richart la llevó lejos de la cima de la montaña y comenzó a explorar los edificios cercanos. De repente dijo.

"¡Oh! Mira esto. ¿Qué es este agujero?"

"No lo sé. Parece ser la entrada a alguna galería."

Siempre con la dama sosteniendo su mano, el francés entró en lo que parecía efectivamente la entrada a un túnel, indudablemente producido por la erosión del viento, la lluvia y la nieve. De su cinturón sacó una linterna eléctrica con la que iluminó el estrecho pasadizo mientras continuaba adentrándose. Después de unos treinta pasos dijo.

"El suelo de esta cueva es bastante plano en esta parte, y ten en cuenta que hay hierbas secas en abundancia."

"¿Cómo crees que llegaron ahí?" Preguntó Orghana.

"Probablemente el viento las ha soplado desde el prado, o los pájaros las han traído para hacer sus nidos. Tengo fósforos en mi bolsillo. Voy a hacer un montón con estas hierbas secas y voy a encender un fuego, para calentarnos."

"Me gusta eso, que mi hombre construya un nido y le dé calor."

Ives comenzó a desabotonar la chaqueta y blusa de su dama, y se acostaron uno al lado del otro en el calor de las llamas.

Los dos amantes se habían quedado dormidos. El primero en despertar fue Ives, quien tomó su chaqueta y cubrió el cuerpo desnudo de la mujer con ella. Sin despertarse, Orghana suspiró mientras sus labios formaban una sonrisa. El hombre se adentró más en la cueva para recoger más hierbas secas y verterlas como combustible en el fuego, que las consumía rápidamente. Mientras lo hacía, sus ojos distinguieron lo que parecía un brillo que reflejaba brevemente las llamas del fuego. Como no había llevado su linterna para examinar la causa de la reflexión, recogió las ramas que pudo y regresó al fuego, notando que la mujer estaba despertando. La sonrisa permanecía en sus labios.

"Me alegra que tengas bonitos pensamientos." Dijo.

"Es que creo que estoy convencida de que logré mi propósito."

Ives Richart frunció el ceño, interrogante.

"¿Qué quieres decir? ¿Te refieres a quedarte embarazada?"

"Sí."

"¿Cómo puedes saberlo?"

"No olvides que soy practicante del Tengriismo."

"¿Qué quieres decir? ¿Tienes poderes... eres una vidente?"

"Sí... para ciertas cosas. Por ejemplo, estas cosas." La mujer, aún desnuda, levantó su torso acercando su rostro al de Ives y expresó suavemente.

"Ahora tienes una razón más para cuidarme."

"¿Cuál?"

"Tu hijo."

Sorprendido de ver cuán en serio tomaba Orghana sus propias predicciones sobre su embarazo, Ives la ayudó a vestirse rápidamente antes de que el fuego se apagara por completo y el frío fuera de la cueva se extendiera por dentro. Mientras lo hacía, un recuerdo fugaz volvió a su mente.

"¡Ah! Mientras dormías, he caminado un poco dentro de este lugar. Me parece que es el comienzo de una caverna, aunque no sé cuán profunda es... creo que he visto algo allí... algo como un brillo."

Al escuchar estas palabras, la dama hizo un gesto que mostraba interés. De repente dijo.

"Préstame tu linterna, voy a ver qué hay allí."

"Te acompaño."

"No, tú quédate recogiendo nuestras cosas del suelo y apagando lo que queda del fuego. Ya está desprendiendo mucho humo."

El hombre se quedó haciendo su trabajo, luego se sentó en la entrada de la cueva a esperar que Orghana apareciera, mientras las sombras se extendían por la amplia estepa. Cuando Orghana regresó a él, se veía pensativa, aunque permaneció en silencio.

"Bueno. ¿Has visto algo?" Preguntó Ives.

"De eso hablaremos en otro momento." La frase elusiva sorprendió al francés, pero acostumbrado a los modos de la dama, cambió de tema.

"Tenemos que regresar al campamento. Hemos estado solos durante varias horas y sin duda los demás estarán preguntando por nosotros. Aprovechemos las últimas horas de luz."

De hecho, las sombras ya se alargaban sobre el paisaje cuando al fin vieron la luz de una gran fogata, y alrededor de ella, las sombras del vehículo, los camellos tumbados y los hombres activos en las tareas de preparar la cena.

El coronel Khulan salió a recibir a la pareja, visiblemente nerviosa.

"Me preocupaba por ustedes. No olviden que tenemos cerca a los partidarios de Baatar. Estábamos a punto de salir con Altan a buscarlos."

Orghana sonrió a su súbdita.

"No te preocupes, estábamos admirando la vista."

Episodio 24

Orghana tuvo sueños inquietos esa noche. Se revolvió en su saco de dormir y murmuró palabras sueltas sin sentido, manteniendo preocupado a Ives Richart, quien dormía en la misma tienda. Cuando finalmente despertó, la mujer estaba cubierta de sudor y le dijo a su compañero, que la miraba confundido:

"Debo regresar a esa cueva, tengo que explorarla a fondo."

"No sabemos dónde termina. Parecía muy profunda."

"Siento que hay algo dentro que debo descubrir. Pero mis sueños y visiones no me dejan saber qué es."

Resignado, el hombre dijo:

"Bueno, en ese caso, voy contigo... ¿sientes? Ya están preparando el desayuno. ¡Levántate! Desayunemos y vayamos al pie de esa colina. Podemos ir a caballo."

Dejaron sus caballos sueltos en la base de la montaña, dejándolos comer las hierbas que crecían allí, y se dispusieron a escalar de nuevo la empinada ladera. Al menos ya conocían el camino que ofrecía menos resistencia al ascenso. Cuando llegaron al acantilado que estaba en la cima, Orghana se detuvo una vez más para admirar el paisaje que la cautivaba. Mientras las áreas al oeste de la colina aún estaban parcialmente en sombras, desde el este el sol avanzaba en su carrera ascendente. Ives se plantó nuevamente frente a la entrada de la cueva, y dejó los objetos que había traído, incluyendo algunas cuerdas que podrían ser necesarias dentro para atar y desengancharse de cualquier irregularidad posible.

De repente, la dama le dijo:

"Ives, querido. Disculpa, pero siento que entrar a la cueva esta vez es algo que debo hacer sola."

"No voy a dejar que te expongas sola a lo que pueda existir dentro... bestias, abismos u otros peligros."

Orghana puso una mano en su brazo e insistió:

"Te pido que no te opongas a mi deseo. Es algo que siento que debo hacer por mí misma."

Dándose cuenta de que oponerse a la férrea voluntad de la mujer era inútil, Richart se rindió a regañadientes a su propósito. Le dio a la dama dos linternas eléctricas que había llevado, y una pistola con su funda.

"Si te ves en peligro, dispara. El eco llevará el sonido a la entrada."

Orghana se puso de puntillas, besó los labios del hombre y se preparó para adentrarse en el túnel, hacia lo que sentía que era su destino. Al verla partir hacia lo desconocido, el corazón de Ives se contrajo deseando haberla acompañado. Sin embargo, tuvo que conformarse con hacer guardia en la entrada de la cueva, para evitar peligros desde el exterior, ya que no conocía los del interior, que podrían venir de las entrañas de la montaña.

ORGHANA CAMINÓ CON cuidado, iluminando las paredes laterales y el techo del túnel, tratando de registrar cada detalle en su memoria. Algunas ramas laterales se abrían a los lados del camino central, y la mujer estaba fotografiando estas alternativas y dictando a la grabadora de su teléfono celular las decisiones que tomaba en relación con la dirección que seguía. Pronto notó que la altura del corredor estaba aumentando, debido a que el suelo tenía una pendiente hacia abajo mientras que el techo permanecía constante; además, el ancho del corredor aumentaba muy gradualmente, haciendo que caminar fuera más cómodo, ya que no había necesidad de agacharse en ninguna parte. No había marcas en las paredes que pudieran sospecharse de tener un origen antinatural; los únicos signos eran evidentemente debidos a la erosión del agua del exterior al fluir a través del túnel a lo largo de milenios. Tomando una respiración profunda para oxigenar sus pulmones debido al esfuerzo de caminar, Orghana se dio cuenta de que, a pesar de la distancia ya recorrida desde la entrada, el aire seguía siendo puro y no tenía el olor característico de los lugares cerrados; se preguntó si había algunos respiraderos más adelante que pusieran al túnel en contacto con el exterior de la montaña.

Mientras tanto, en la entrada de la cueva en la cima de la montaña, Ives caminaba impaciente mientras el tiempo pasaba sin noticias de la mujer. Para calmar sus nervios, decidió salir y regresar a la roca que marcaba la cima de la montaña. Mirando hacia el oeste, notó algo en movimiento que lo obligó a forzar la vista. Como aún no podía determinar de qué se trataba, el hombre se dirigió al lugar en la boca de la cueva donde había dejado varios objetos que había traído consigo, y tomó unos binoculares de su estuche. Regresando a la cima, observó de cerca los objetos lejanos y pudo discernir que eran manchas oscuras que se movían lentamente hacia donde estaba la colina. Ives intentó calcular la distancia en millas, pero por falta de puntos de referencia no pudo obtener una aproximación adecuada. Aunque no sabía por qué, la vista era inquietante, y regresó a la cueva con preocupación. ¿Representaban esos puntos, aún lejanos, un peligro para Orghana, para Ives mismo y para sus compañeros? Se preguntó. El francés esperaba fervientemente que la dama terminara su visita y emergiera nuevamente a la luz, para que pudieran unirse al resto de la caravana que esperaba abajo.

En el campamento principal, Altan y Khulan estaban inquietos por la falta de tareas que realizar. Finalmente, el pariente de Temük Khan propuso al Coronel:

"Voy a montar en la estepa hacia el oeste. ¿Quieres acompañarme?"

Ante la aceptación del soldado, los dos hombres, finalmente acompañados por el explorador, partieron llevando elementos y provisiones para pasar la noche al aire libre si era necesario.

Cabalgaban, forzando a sus caballos a galopar durante un par de horas por la infinita llanura, sin encontrar asentamientos o viviendas, ni viajeros ni animales de ninguna clase. Los caballos estaban felices de poder correr libremente por la estepa. Finalmente se detuvieron cuando el explorador les hizo una señal.

"¿Qué pasa, Falid?" preguntó Altan. En respuesta, el hombre les señaló en una dirección hacia el noroeste, donde aún no podían ver nada en el suelo.

"¿Qué estás mirando?" insistió el sobrino del Khan.

"Las aves. Algo las está asustando." respondió el hombre, comenzando su caballo hacia una colina baja, que era el punto más alto de la zona. Los otros dos lo siguieron, y al llegar a la cima, Khulan sacó un potente monocular telescópico, que desplegó.

"¿Ves algo?" preguntó Altan.

"Algunos puntos muy lejanos." respondió el Coronel, pasándole los binoculares. El joven también observó sin poder determinar de qué se trataba, así que finalmente le pasó el monocular al explorador. El hombre miró cuidadosamente. Luego se desmontó de su caballo, se agachó y colocó una oreja contra el suelo de la estepa. Después de unos momentos se levantó, y con un gesto preocupado dijo:

"Vienen en esta dirección. Es un ejército en marcha."

Episodio 25

Desde una curva en el camino, Orghana notó que la pendiente descendente era más pronunciada y que el túnel penetraba más rápidamente en las entrañas de la montaña. También los signos de erosión hídrica eran más evidentes, posiblemente porque, al rodar más rápido, el agua perforaba la piedra con más intensidad. De repente, comenzaron a aparecer estalactitas y estalagmitas, esos finos conos de material que cuelgan del techo de las cavernas o se elevan desde el suelo, producto de las gotas de agua que caen desde arriba sobre el suelo cavernoso, cargadas de sales disueltas de las paredes y del techo. Al mismo tiempo, la dama sintió una suave brisa soplando sobre sus mejillas, de la cual no conocía la fuente. Se preguntó cómo, a medida que la cueva se adentraba más, más aire circulaba a través de ella, y supuso que debía haber alguna explicación natural más adelante en el camino.

El ancho del túnel crecía constantemente y la altura del techo sobre su cabeza también aumentaba, pero nada la había preparado para lo que, en la siguiente curva del camino, de repente apareció ante sus ojos. Una vasta cavidad en la roca, muy ancha y larga, oculta por las sombras que su linterna no podía iluminar, se extendía frente a sus pies, y lo más notable era que estaba cubierta por un lago subterráneo, que interponía su camino, obligándola a entrar si quería continuar su avance. Volver atrás o quedarse en su lugar no era una opción. Orghana sintió una urgente necesidad de seguir adelante, de la cual no conocía el origen, pero alguna fuerza interna le decía que para lograr el propósito de su misión no podía ignorar ese impulso. Se quitó las botas y las colgó a su cintura, enrolló la parte inferior de sus pantalones y metió los pies en el agua helada, tratando de caminar por los bordes del espejo de agua, notando con alivio que la profundidad no era muy grande de ese lado. Estaba elevada y pudo avanzar sin obstáculos, aunque la pendiente hacia el centro del lago era muy pronunciada y sospechaba que podría superar su altura.

La determinación de Orghana era total y provenía de lo más profundo de su alma; sentía que la razón fundamental de su viaje estaba más adelante en ese camino. Después de veinte minutos cruzando la tranquila superficie de la laguna, y cuando ya no sentía sus piernas que estaban semi-congeladas, la mujer finalmente alcanzó el extremo opuesto del lago. Cuando pudo salir del agua y sentarse sobre la superficie seca de una roca, la mujer se secó y frotó enérgicamente sus pies, hasta que verificó que la sangre comenzaba a circular nuevamente a través de ellos. Luego se puso las botas disfrutando del calor que aún quedaba dentro de ellas, y continuó su camino tratando de caminar lo más rápido posible para calentar no solo sus piernas sino también todo su cuerpo. La dama ingirió varias tabletas de nutrientes que había traído consigo, mientras tomaba un sorbo de agua de su cantimplora. Nunca supo cuán lejos había llegado por ese camino cuando una nueva maravilla se desplegó ante sus ojos.

Una luz cenital proveniente de algún agujero oculto en el techo se reflejaba en mil destellos desde los costados, formando un arcoíris por el juego de luces. La mente de Orghana tardó en encontrar la explicación de este fenómeno, hasta que finalmente comprendió que se encontraba frente a un palacio de cristal natural.

El coronel Khulan, Altan y el explorador Falid decidieron esconderse detrás de unos acantilados de cierta altura y esperar a que la tropa que se acercaba rápidamente pasara por el lugar, ya que su camino, según sus cálculos, estaba justo debajo de su escondite. Querían ver los números, armas e intenciones de los hombres, según los lemas que pintaban en sus banderas, que recordaban a los que llevaban los conquistadores mongoles en los tiempos muy lejanos de la Horda de Oro de Genghis Khan y sus descendientes, en particular el Kublai Khan. Después de esperar más de una hora, oyeron el retumbar de los cascos de innumerables caballos, que se amplificaba al entrar en una especie de cañón entre dos colinas altas, en la cima de una de las cuales estaban los observadores. Mirando en la dirección en que avanzaban los jinetes, Khulan vio primero una inmensa nube de polvo levantada por los cascos de los caballos, ocultando lo que venía debajo. Cuando una ráfaga de viento levantó temporalmente el polvo, sus ojos se agrandaron en sorpresa mezclada con miedo. La parte delantera de la fila de jinetes era de unos veinte hombres de ancho, y la columna se extendía mucho más allá de lo que el ojo podía ver. El coronel se sentó en la roca más cercana y gemía. "¡Cielos! son muchos." Rápidamente recuperándose del impacto, los tres hombres levantaron la cabeza justo por encima del borde del acantilado y se dispusieron a tratar de evaluar el gran contingente que comenzaba a pasar frente a ellos.

Nervioso por la demora de Orghana en regresar, Ives Richart finalmente tomó una decisión. Escondió todo el equipo que había llevado dentro de la boca de la cueva, tomó una pistola, un cuchillo, dos linternas y un trozo de cuerda, y se preparó para entrar en el túnel. Antes de que pudiera hacerlo, un sonido apagado llegó a sus oídos, que sin duda era producido por una gran tropa de caballos, sin duda aquellos que había llegado a vislumbrar desde la cima de la montaña. Lleno de aprensión por el ruido y la falta de noticias de su mujer, Ives entró en la oscura caverna.

En el campamento que habían instalado el día anterior, Jack Berglund, Taro Suzuki y Aman Bodniev, junto con el resto de los hombres que Altan había llevado allí, caminaban impacientes ante la falta de noticias de sus camaradas que habían salido a explorar muchas horas antes. Jack finalmente había hecho contacto con William Richardson en Nueva York. Desafortunadamente, tuvo que admitir ante sí mismo que no podía responder a las numerosas y lógicas preguntas planteadas por el inglés sobre el progreso de la expedición. El hombre en la ciudad de Nueva York terminó diciendo: "Jack, si los peligros aumentan y la situación amenaza con salirse de control, deberías considerar abortar la misión."

Episodio 26

El efecto visual producido por la reflexión y la posterior dispersión de la luz desde una abertura aún invisible en el techo de la cueva tuvo un efecto mágico en la psique de Orghana, predisponiéndola a lo que estaba por venir. Al chocar un rayo de luz contra los cristales formados y depositados por el contenido salino del agua que se filtraba desde arriba, se difractó un espectro de luces de todos los colores del arcoíris, desde el rojo hasta el violeta.

La mujer se maravilló con los haces de luz, y al caminar por el sendero, su cuerpo y su ropa se cubrieron de colores con un hermoso sol iridiscente. Caminó más de cien pasos hasta que la luz de arriba quedó atrás, pero ya en su alma y su mente había ocurrido el paso de la realidad cotidiana a un estado emocional elevado donde todas las maravillas eran posibles.

Sin haber consumido nunca sustancias que alteraran sus funciones psíquicas, la naturaleza y la formación de la dama como sacerdotisa tengrista la convertían en receptora de impulsos que pasarían desapercibidos para otros seres humanos. Pronto llegó a una encrucijada, o más bien a una serie de encrucijadas, en cada una de las cuales el camino frente a ella se dividía en dos o tres ramas indiscutibles ante los ojos de cada una. Cualquier vagabundo perdido en ese laberinto pronto perdería toda referencia y, no solo no sabría cuál de las ramificaciones tomar, sino que también ignoraría cómo retroceder si la opción elegida era incorrecta. Pero en el caso de Orghana, en su estado extático, tales dilemas no existían. Manos invisibles la empujaban en cada encrucijada en la dirección que ella sabía que era la correcta, aunque no podía explicar por qué.

Y entonces, de repente, los encontró...

Detrás de la enésima curva del túnel, frente a ella se expandió alto y ancho, como ya había sucedido frente a la laguna subterránea, solo que esta vez el suelo estaba perfectamente seco.

A ambos lados del camino frente a ella, dos haces de luz natural provenientes del techo iluminaban dos figuras estáticas muy voluminosas. Entre ellas, el túnel negro se abría al camino más allá del lugar. Al acercarse a una de las figuras, la mujer tuvo que reprimir una exclamación. Frente a ella se alzaba lo que había sido un gran guerrero mongol en vida, sentado en una especie de banco de piedra, aún vestido con ropas de cuero y tela que el tiempo había desgastado parcialmente, con un casco metálico en su cabeza con dos cuernos naturales de toro a cada lado.

PERO LO QUE MÁS IMPRESIONÓ a la dama fue ver que el casco descansaba sobre el cráneo de la persona que lo había poseído. Se dio cuenta de inmediato de que lo que contenía el traje del guerrero era en realidad un esqueleto, que por alguna razón mantenía su forma sin colapsar en el suelo. En una de lo que habían sido sus manos, el guerrero empuñaba una larga lanza, y en la otra uno de los típicos escudos de los jinetes mongoles.

Orghana se movió hacia el otro guerrero al final de la apertura del túnel que continuaba hacia las profundidades de la montaña. La otra figura era otro guerrero, idénticamente vestido y armado. La mujer dio unos pasos atrás para poder observar todo el espectáculo en perspectiva que se le ofrecía frente a ella. Esta visión general le dejó completamente claro lo que estaba presenciando. Los dos guerreros sentados en alerta eran los centinelas que custodiaban el paso y protegían lo que estaba al fondo del túnel, fuera lo que fuera.

El corazón de Orghana se llenó de alegría al darse cuenta de dónde estaba. El objeto de su búsqueda, y en realidad, la razón de todos sus esfuerzos estaba frente a ella.

Sin más pensar, la Princesa Orghana se lanzó hacia su destino.

Habían estado observando el paso de los escuadrones de jinetes durante varios minutos y estaban asombrados por su número y armamento; de igual manera, las leyendas en las pancartas no dejaban dudas sobre los propósitos belicosos de los jinetes. En un cierto momento, apareció una carroza entre las filas de jinetes. Era tirada por ocho caballos y su exterior mostraba cierto lujo así como una armadura contra posibles ataques. El interior de la carroza estaba velado por cortinas de tela translúcida, que impedían ver en su interior, pero seguramente permitían a sus ocupantes ver desde adentro hacia afuera.

Khulan exclamó: "Sin duda, en esa carreta viaja el mismo Baaltar, custodiado por sus mejores hombres."

Altan se puso de pie y miró a su explorador que estaba sentado detrás de él. "Falid, viaja a nuestra aldea y dile al Jefe Temük Khan lo que estamos viendo. Dile de mi parte que unos tres mil soldados en campaña posiblemente se dirigen hacia Ulan Bator y necesariamente pasarán cerca de nuestra aldea. Las pancartas llevan leyendas de guerra reivindicando a Gengis Kan. Dile a mi tío que reúna a todas sus tropas y se ponga al mando. Estimo que la columna que acabamos de ver tardará aproximadamente un día en llegar a la aldea. Debes hacer que tu caballo vuele a través de la estepa y evitar que alguien te vea. Debes decirle que el mismo Baaltar viaja al mando de sus tropas, y que creo que un enfrentamiento será inevitable. También dile que estaremos en camino tan pronto como regrese la Princesa Orghana, que ha salido a explorar la montaña."

Falid se deslizó desde la cima de la montaña hasta el lugar donde había dejado su caballo, lo montó de un salto y se lanzó hacia la aldea de Temük Khan para advertirle del peligro que acechaba a su tribu.

En medio de las entrañas de la montaña, Ives Richart escuchó el estruendo de los regimientos que marchaban a través del cañón vecino. Como había visto lo que venía antes, no tuvo dudas sobre lo que era, y aunque no tenía idea del tamaño del contingente, podía suponer que era numeroso. El francés se preguntó cómo el sonido proveniente del exterior estaba penetrando tan profundamente en la montaña, y como Orghana había presumido anteriormente, lo atribuyó a posibles respiraderos que se encontrarían en el techo del túnel, aunque aún no eran visibles. Todo eso hacía más imperativo encontrar a la Princesa Orghana lo antes posible.

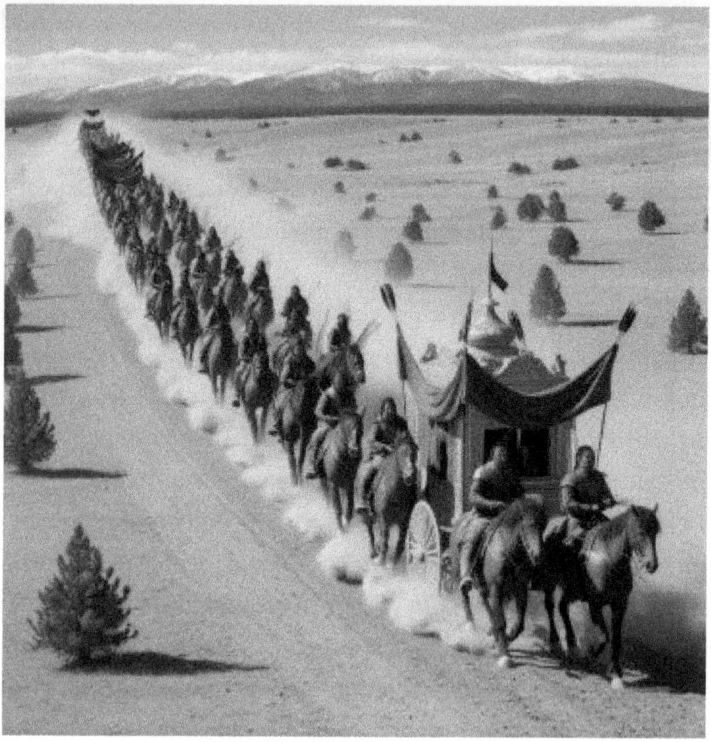

Episodio 27

Con gran alivio, Ives pensó que vio un borrón de movimiento al final del túnel, hasta donde alcanzaba la luz de su linterna. Estaba de pie entre las dos figuras de centinelas que custodiaban la entrada del corredor, pero por un cierto respeto supersticioso decidió no avanzar y permitir que Orghana explorara esa parte sola, que parecía el final del camino. El tiempo le demostraría que tenía razón al preservar la privacidad de la mujer en esa etapa.

Efectivamente, a unos treinta pasos de distancia, una sombra se movía hacia la entrada y hacia Ives. Pronto pudo adivinar la forma en que la chica caminaba y su corazón se llenó de alegría. Por un momento había temido que las profundidades de la montaña nunca trajeran de vuelta a Orghana sana y salva. Cuando la luz iluminó la figura que avanzaba, Ives no pudo contenerse y se lanzó al túnel, corriendo hasta llegar a la mujer, a quien abrazó con fuerza y lágrimas en los ojos.

Orghana tenía una expresión apacible en su rostro y sus labios llevaban una sonrisa. Ella devolvió los besos de su amante y acarició su cabeza; al ver sus lágrimas preguntó:

"¿Me amas tanto?"

Richart había recuperado el control de sus emociones, pero en lugar de responder a su pregunta, preguntó a su vez:

"¿Cómo estás? ¿Dónde has estado?"

La mujer tampoco respondió a sus preguntas, pero dijo con un aire neutral:

"Estoy bien." Y luego añadió un comentario intrigante.

"Ya lo hice."

Ives estaba a punto de preguntarle qué quería decir con su última frase, pero su pregunta fue interrumpida por un gran ruido que provenía de uno de los supuestos agujeros en el techo que comunicaban con el exterior de la montaña y renovaban el aire de la caverna.

Inquieta, Orghana preguntó:

"¿Qué es ese ruido? ¿Hay una tormenta allá afuera?"

Ives narró la visión que había tenido desde la cima de la colina de un gran movimiento de tropas avanzando a través de la estepa hacia ellos. Orghana reflexionó sobre lo que escuchó y añadió:

"Temo que sea Baaltar quien ya ha comenzado a movilizar a sus tropas. ¿Son muchos?"

"Los vi de lejos hace pocas horas. Por el polvo que levantan sus caballos, me parece que son muy numerosos."

Aunque el francés quería hacerle mil preguntas sobre lo que había encontrado y sobre el significado de la misteriosa frase acerca de su hallazgo, una vez más la dama tomó la iniciativa y dijo:

"Vamos a la entrada de la cueva. Quiero ver con mis propios ojos las tropas que se están moviendo."

"Pero... ¿qué crees que puedes hacer contra ellos?"

La pregunta de Ives estaba llena de desconcierto. Una vez más, la respuesta de Orghana fue evasiva. Con una sonrisa dijo:

"Ya verás." Luego añadió:

"¿Dónde están nuestros compañeros? ¿Dónde están nuestros caballos?"

"Seguramente están esperándote."

"No perdamos tiempo."

Tal como Ives había tenido antes, la reacción de Khulan ante la aparición de Orghana fue emocional. El coronel se arrodilló y besó la mano de la dama. Los demás miraban con sorpresa el grado de devoción del duro militar hacia la dama.

"¿Qué sabes sobre este movimiento de tropas?" Preguntó la mujer mientras observaba el desfile de jinetes que avanzaban por el fondo del valle.

"Están comandados por el propio Baaltar. Viaja en una carroza custodiada por soldados de élite." Respondió Khulan.

"¿Cuántos hombres hay?" Volvió a preguntar Orghana.

"No menos de tres mil, todos jinetes totalmente armados."

En ese punto, Altan decidió participar en la conversación.

"Se dirigen hacia Ulan Bator y sus estandartes son de guerra. En el camino pasarán por nuestro pueblo. Ya envié a mi explorador para advertir a Temük Khan. Le pedí que se pusiera al frente de todos sus hombres y esperara la llegada de Baaltar."

La tensión en el tono de Altan era evidente.

Orghana pensó por un momento. Después de tomar una decisión, preguntó:

"¿Podremos llegar al pueblo de Temük Khan antes que estas tropas?"

"No lo creo. Quizás podamos llegar al mismo tiempo."

"Vámonos. No hay tiempo que perder."

Había quedado claro para todos que Orghana se había convertido en la líder del grupo. Todos aceptaron ese liderazgo sin preguntarse por qué. Solo Ives Richart tenía una pista.

De hecho, una idea lo perturbaba.

"¿Qué ha encontrado Orghana en el fondo de la caverna que le permite tomar decisiones dignas de un comandante en jefe de un ejército, y ser obedecida sin discusión?"

El explorador llamado Falid había llegado al pueblo con prisa; saltó de su agotado caballo y gritó para ser recibido por Temük Khan.

El Khan estaba sentado en su yurt acompañado por la Begum, la jefa del Consejo de Ancianos de la tribu, y el caudillo en ausencia de Altan. Habían escuchado la confusa explicación de Falid, fruto de su emoción y fatiga, y luego, con preguntas formuladas sabiamente por el anciano, finalmente habían obtenido una imagen de la situación y del peligro que se aproximaba.

Finalmente, tras meditar sobre la situación, Temük consultó con sus consejeros.

"¿Creen que Baaltar se detendrá para atacar nuestro pueblo, o continuará su camino hacia Ulan Bator, para asediar la sede del gobierno de la república?"

El jefe militar respondió en un tono sombrío: "Es poco probable que avance dejando atrás nuestro poderoso y bien entrenado ejército potencialmente enemigo."

El jefe del Consejo de Ancianos añadió en la misma línea de pensamiento:

"Lo más probable es que se detenga frente a nosotros exigiendo que nos unamos a ellos y aceptemos su liderazgo, y que eventualmente terminemos luchando junto a él contra las fuerzas del gobierno."

"Nunca traicionaré a mi Nación." Respondió Temük Khan de manera categórica.

"Baaltar debe asumirlo, así que se acercará en una postura de guerra."

"Entonces debemos prepararnos para luchar." Dijo Temük, luego, dirigiéndose al jefe militar, añadió:

"Envía un pelotón de guerreros para acompañar a todas las mujeres, niños y ancianos a nuestra fortaleza en la montaña para su protección. Luego pide a todas las tribus tributarias que envíen a sus hombres y armas para unirse a nosotros. Vamos a formar un escudo de hierro frente a nuestro pueblo para confrontar a Baaltar y sus secuaces."

Un viento helado atravesó la habitación del yurt, ante la certeza de una guerra que se acercaba al galope de los jinetes de Baaltar.

Episodio 28

El camión que transportaba a Jack, Taro Suzuki, Alan Bodniev, Ives Richart y Khulan iba a toda velocidad por la vasta y despejada estepa, mientras los jinetes liderados por Orghana y Altan galopaban al lado, tratando de no quedarse atrás. Todos estaban ansiosos por llegar a la aldea de la tribu liderada por Temük Khan a tiempo para participar en los eventos que allí se llevarían a cabo. Estaban convencidos de que esos eventos serían dramáticos debido al poder de los bandos que se enfrentarían y a la ferocidad en la lucha que caracteriza a los guerreros mongoles.

La mañana transcurrió llena de tensión para los viajeros; la llegada de la tarde no trajo alivio y todos sabían que la noche no les daría descanso, ni a ellos ni a los caballos, así que Altan y Khulan reflexionaron sobre las desventajas de llegar a un campo de batalla con hombres y bestias exhaustos.

El cuerno sonó en la aldea al amanecer del nuevo día. Temük Khan, que no había podido dormir en toda la noche y se había acostado vestido, se limitó a ponerse su traje de batalla, lleno de inserciones metálicas para reducir el impacto de los proyectiles y armas blancas. La Begum lo observaba tratando de contener las lágrimas.

Tan pronto como el Khan recogió las armas que iba a llevar, el jefe del Consejo de Ancianos apareció en la puerta de la yurt y, sin pronunciar más palabras, preguntó: "¿Qué harás ahora?" "He estado reflexionando sobre ello toda la noche. No tiene sentido exponer a todos nuestros hombres a una masacre contra un ejército superior. Eso significaría la destrucción de nuestra tribu." "¿Vas a rendirte entonces?" "De ninguna manera. Te lo he dicho antes." "¿Y qué harás entonces?" "Voy a desafiar a Baaltar a un duelo personal, solo él y yo lucharemos por el control, y solo uno de nosotros estará a cargo al final del duelo." "Me parece sensato, pero sabes que Baaltar es un guerrero muy experimentado y poderoso. También es más joven que tú." "El cielo dictará quién de nosotros lo superará."

Ambos salieron de la yurt. Obedeciendo el sonido del cuerno, todos los hombres salieron de sus casas armados hasta los dientes; ellos también habían estado despiertos toda la noche, y la tensión era evidente en todos los rostros. Temük se colocó en el centro de la larga línea horizontal de sus jinetes, que se estaba nutriendo de contingentes que llegaban de pueblos vecinos. El espectáculo era magnífico por el brillo de las armas y armaduras y el perfecto orden de las tropas.

En el este, el sol comenzaba a elevarse sobre el horizonte, iluminando la escena en la estepa mongola. Después de momentos de expectación, comenzó a verse un movimiento que parecía de hormigas en ese horizonte, y a medida que pasaba el tiempo, se delineaba la muy larga línea de un ejército que se desplegaba, aún muy lejos, frente al pueblo, describiendo un círculo envolvente. Al verlo, los hombres del Khan tragaron saliva nerviosamente; nunca antes habían visto tantos tropas reunidas. La perspectiva de la masacre era clara para todos ellos.

Temük Khan esperó en su silla de montar en silencio. Había enviado al explorador Falid hacia las líneas enemigas, armado con una bandera blanca. El Khan sabía que lo dejarían pasar hasta que alcanzara a Baaltar, que pensaría que venía a rendirse en nombre de Temük. En cambio, Falid lo desafiaría a un duelo hombre a hombre con Temük Khan. Descontó que el asaltante no podría negarse ante su gente, especialmente apoyándose en su propia autoestime como combatiente.

La mañana de la estepa mongola vería a un solo hombre emerger de cada lado de las filas de los ejércitos en guerra. Los dos rivales galoparían hacia las montañas cercanas y solo uno de ellos regresaría con vida, trayendo la cabeza decapitada de su enemigo. Temük Khan aguardaba ansiosamente la llegada de su explorador con la respuesta que decidiría no solo su destino personal, sino también el de su tribu. Los guerreros que le obedecían también estaban atentos al regreso de su compañero, y adivinaban que en la respuesta de Baaltar dependería si muchos de ellos verían el amanecer de nuevo al día siguiente, o yacerían en el polvo de la estepa mongola, con sus cuerpos devorados por los cuervos del desierto.

La inquietud de los jinetes se trasladaba a sus caballos, que golpeaban impacientemente sus patas contra el suelo.

Falid regresó y, sin desmontar del caballo, se acercó al jefe de la tribu. "Gran Khan. Baaltar acepta tu desafío. La pelea será con las armas tradicionales de la Horda Dorada de Genghis Khan y sus descendientes. Las armas de fuego deben ser dejadas de lado. Ambos montarán hacia las montañas acompañados por su chamán, que nos advertirá cuando la pelea comience con un toque de cuerno. Los ejércitos de ambos lados deben permanecer enfrentados donde están ahora."

El sol ya había ascendido a su posición más alta marcando el mediodía, la hora señalada para el duelo. Las dos filas enemigas se habían cerrado hasta enfrentarse a una distancia de aproximadamente trescientos pasos en una tensa espera previa al combate. Desde las filas de su gente emergió la magnífica figura de Temük Khan, vestido con una túnica roja sobre la cual llevaba una elaborada coraza de metal dorado articulada, que lo cubría desde el cuello hasta las piernas y de los hombros a las muñecas. Un casco de metal con una larga pluma cubría su noble cabeza, y en su silla de montar llevaba su sable curvado, una vaina de cuero llena de flechas largas con punta de hierro, mientras que a su espalda llevaba un arco largo con la cuerda tensada.

Baaltar también estaba vestido con una túnica verde con bordados dorados, sobre la cual llevaba una coraza de cuero marrón con innumerables incrustaciones metálicas, que cubría su torso, cuello y parte de sus brazos. Un casco de cuero forrado de piel cubría su cabeza y nuca. Su rostro regordete tenía una barba escasa que cubría su mandíbula y dos largos bigotes que colgaban a cada lado de su boca, gesticulando como si esbozara una sonrisa. En medio de ellos, el chamán llevaba en su montura un largo cuerno con el que anunciaría el inicio del combate. Los dos contendientes se miraron a los ojos desde unos veinte pasos, prevaleciendo una tensa calma en toda la llanura.

El chamán comenzó a entonar un antiguo mantra apenas audible, recordando luchas pasadas. En cierto momento, el canto se detuvo, y el sacerdote tomó las riendas de su caballo para llevarlo hacia las montañas donde se llevaría a cabo el combate. En ese momento, una suave brisa proveniente de las profundidades de la estepa trajo a oídos de todos un rugido que aún estaba lejos, pero claramente se acercaba. El chamán, desconcertado, frunció el ceño, molesto porque algo trivial pudiera interrumpir su ceremonia y la pelea que se avecinaba. Temük Khan apartó la vista de su enemigo y miró hacia el oeste, entonces vio una nube de polvo producida por los caballos, pero al mismo tiempo sus oídos escucharon el ruido de un motor de vehículo. Todos los presentes, miles de hombres armados hasta los dientes, fijaron sus ojos en el desierto.

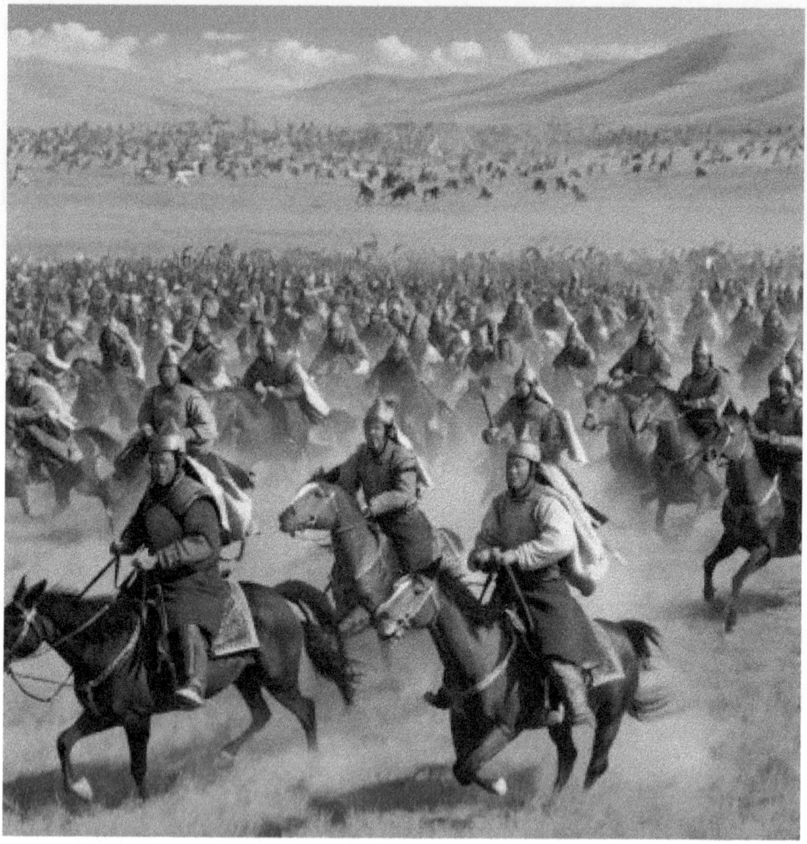

Episodio 29

Al ver de lejos las dos largas líneas de hombres enfrentándose en la llanura frente al pueblo, el corazón de Orghana se estremeció. De repente temió estar llegando demasiado tarde para participar en el conflicto y que la masacre comenzara en cualquier momento. Por eso, espoleó su caballo para llegar lo antes posible e interponerse entre los bandos opuestos.

Altan y sus hombres prepararon sus armas de fuego y sables para participar en la batalla, mientras que en el camión todos alistaban sus armas automáticas para disparar de inmediato, según lo requerían las circunstancias.

Un jinete del pueblo salió al encuentro del grupo que se acercaba, y con voz alta para hacerse escuchar, explicó a Altan lo que estaba sucediendo en la aldea.

"Temük Khan ha retado a Baaltar a un duelo entre los dos para decidir el liderazgo de todas las tribus."

Orghana escuchó las palabras del guerrero y sin esperar a los demás, espoleó al cansado caballo, haciendo que fuera a toda velocidad hacia el centro del conflicto.

Cuando Temük Khan vio a un jinete solitario acelerando hacia donde él estaba, cara a cara con Baaltar y el Chamán, se dio cuenta de lo que estaba sucediendo.

"¡Oh, no! ... esta mujer ..."

El desafiante Baaltar sonrió al darse cuenta de que la jinete que se acercaba era una mujer a caballo, y le gritó a su rival en tono burlón.

"¿Qué pasa, Temük? ¿Ahora necesitas que una mujer venga a defenderte?"

Como un remolino, Orghana pasó con su caballo entre las filas de los hombres de Baaltar y se plantó frente a los tres hombres que luchaban.

"Baaltar, maldito impostor. Soy yo a quien debes enfrentar. Es Gengis Kan quien guía mis pasos y fortalece mi brazo."

El mencionado hizo un gesto de desprecio y respondió.

"¿Estás loca? ¿De qué hablas? No peleo con mujeres."

Comprendiendo que con sus razonamientos y argumentos no iba a poder cambiar la situación, la dama, en un movimiento de inusual rapidez, tomó su arco que colgaba detrás de su espalda y al mismo tiempo sacó un par de flechas de la mochila. Antes de que alguien pudiera reaccionar, procedió a lanzar dos proyectiles contra la línea de hombres de Baaltar, a ciento cincuenta pasos de distancia. Dos hombres cayeron pesadamente de sus caballos con una flecha atravesada en cada uno de sus corazones.

Un formidable ¡hurra! salió de la línea de defensores del pueblo.

Completamente confundido, Baaltar solo logró decir.

"Maldita loca. ¿Quieres confrontarme? Bien, te complaceré, y cuando termine contigo, también mataré a Temük Khan."

Dicho esto, espoleó a su hermoso caballo negro y se lanzó hacia las montañas cercanas. Temük hizo un gesto para seguirlo, pero el Chamán lo detuvo y dijo.

"Deja que ambos peleen y resérvate para cuando Baaltar termine con esta mujer."

Orghana aceleró con su caballo tras los pasos del impostor, y pronto ambos desaparecieron tras las primeras estribaciones de las montañas.

Ante el inesperado giro de los acontecimientos, miles de hombres de ambos lados quedaron en una tensa espera, la duración de la cual no podían prever. Temük y el Chamán permanecieron en medio de ambas filas de oponentes, esperando a que los acontecimientos se desarrollaran.

En el camión, Ives estaba presa de los nervios porque no podía ayudar a su dama en el momento en que más lo necesitaba. Khulan y Altan lideraron a los defensores del pueblo, anticipando lo que podría suceder.

Los minutos se convirtieron en horas, destruyendo los nervios de todos los participantes, cuyo destino dependía completamente del desenlace de la confrontación entre el desafiante Baaltar y la heroína que había asumido la defensa de su pueblo.

La Begum salió de la yurt en la que se había mantenido y caminó entre las filas de guerreros para ponerse al lado del caballo de su esposo. Él le extendió una mano que la dama tomó con fuerza, simbolizando su apoyo.

El cielo del oeste se cubrió de naranja y luego de rojo. Hacia el este, las sombras que cubrían rápidamente la estepa mongola comenzaron a alargarse. La larga espera representaba una agonía para todos los presentes, que permanecían rígidos en sus caballos o los infantes de pie, esperando el desenlace.

Finalmente, un punto comenzó a descender de las montañas lentamente dirigiéndose al campo frente al pueblo. Con las últimas luces aún brillando detrás de los picos de las colinas, la figura fue gradualmente haciéndose más grande, pero debido a la distancia, aún era imposible distinguir quién se acercaba.

De repente, una exclamación colectiva surgió de las gargantas de los secuaces de Baaltar y reverberó como un eco por la llanura. Temük miró a Khulan, que observaba la figura que se acercaba con su poderoso telescopio monocular. Con un sollozo, el endurecido militar dijo.

"Es un caballo negro. No es el caballo de la princesa Orghana."

Temük Khan llevó su mano enguantada a su rostro, tratando de ocultar su dolor. Sin embargo, la Begum hizo señas al explorador Falid; él tomó las riendas de su caballo y se lanzó hacia la sombra que se acercaba, seguido por miles de ojos. El galope del mensajero fue muy rápido, pero los minutos pasaron llenando a los presentes de angustia. Todos pudieron ver los dos caballos acercándose a la distancia, el esbelto potro blanco de Falid y el negro que pertenecía a Baaltar.

De repente, el explorador se quitó la gorra de la cabeza, agitando en el aire, y empezó a regresar a toda velocidad en dirección al pueblo. Con un tenue atisbo de esperanza, Khulan espoleó su caballo hacia las sombras que se acercaban, una lentamente y otra rápidamente.

Nuevamente levantó el telescopio monocular y observó la escena. Su grito llegó a los miles de oídos que lo escuchaban.

"¡Es Orghana! Solo Dios sabe por qué viene en el caballo de Baaltar, pero es Orghana, sin duda."

Dicho esto, galopó hacia las figuras aún distantes. Ives se metió en el camión, encendió el motor y también se lanzó hacia el mismo destino.

Nadie entendía completamente lo que estaba sucediendo, y todas las opciones seguían abiertas. A medida que pasaban los minutos, a pesar de la creciente oscuridad, todos pudieron ver que la jinete que se acercaba en el caballo negro era la heroína del pueblo. Un nuevo y formidable ¡hurra! recorrió la llanura, esta vez desde las filas de Temük Khan. Los seguidores de Baaltar bajaron la cabeza, completamente confundidos.

De hecho, Orghana finalmente entró en las filas de combatientes y, en lugar de ir hacia Temük y sus hombres, se dirigió a las filas enemigas, que seguían su marcha con pesar. De repente, la mujer sacó algo que llevaba colgando del sillín de su caballo, y luego lo arrojó frente a los guerreros rebeldes. Los hombres a cuyos pies había caído el objeto se dieron cuenta con horror de que era la cabeza de su líder, contraída en un gesto grotesco, y aún llevaba el casco que había usado.

Las filas de las tribus que había comandado Baaltar comenzaron a retirarse hacia la estepa de donde habían venido. El Chamán se dirigió hacia la montaña para enterrar al jefe derrotado y unir la cabeza con su cuerpo.

Epílogo

William Richardson levantó el teléfono del intercomunicador; la llamada provenía de Lou, el encargado de la vigilancia en el vestíbulo del edificio.

"Doctor, la señora Swarowska y los señores Corrado Gherardi y von Eichenberg están llegando."

"Por favor, déjalos entrar, Lou."

Tras cortar la llamada, se dirigió a los miembros del Comité Ejecutivo de la Comunidad Bluthund que ya se encontraban en la amplia sala de reuniones. Jerome Watkins, el Jefe de Ceremonias, estaba conectando el equipo de proyección, mientras que Jack Berglund y Taro Suzuki traían sillas de otras oficinas y las organizaban frente al escritorio desde donde se llevaría a cabo la sesión. Richardson, por su parte, volvió a su tarea de arreglar los vasos y la jarra de agua en las mesas; les dijo a sus compañeros:

"Los miembros del Comité Europeo están llegando. El almirante Donnelly me confirmó que ya ha llegado de Washington y estará aquí en breve, así que podemos comenzar la sesión."

Todos los miembros ya se habían saludado y distribuido en las sillas de la sala. Watkins dio apertura a la reunión.

"Bienvenidos a todos, les agradecemos por haber viajado tan lejos para asistir a nuestra reunión. Verán que entre los asistentes a la sesión de lanzamiento faltan la dama mongola, Orghana Ganbold, y el señor Ives Richart. Las razones de su ausencia serán explicadas durante esta sesión. Ahora, el Dr. Richardson tomará la palabra."

El inglés recordó con gran concisión los objetivos de la Misión llamada "Tumba de Genghis Khan," llevada a cabo por la Comunidad Bluthund, y luego cedió la palabra a Jack Berglund y Taro Suzuki, quienes eran responsables de la misma.

Ambos hombres explicaron todo lo que sucedió en la peligrosa expedición, en la que estuvieron a punto de verse involucrados en una batalla de gran magnitud entre dos ejércitos de guerreros mongoles armados hasta los dientes, y el inesperado desenlace del duelo entre la princesa Orghana y el rebelde Baaltar. En un momento de la presentación, llegó el almirante Donnelly, saludando en silencio para no interrumpir a los oradores, y se sentó en una de las sillas vacías.

Al concluir una fase de la presentación, Jerome Watkins preguntó a los expositores:

"¿Entonces la señora Ganbold, a quien creíamos parte de la CIA, era en realidad una sacerdotisa de su religión y parte de la aristocracia mongola, además de una feroz guerrera?"

Ante la respuesta afirmativa de Jack Berglund, el almirante Donnelly añadió:

"Nosotros en el Departamento de Estado sabíamos que Madame Ganbold pertenece a la nobleza de su país y que su madre es la Suma

Sacerdotisa de su religión. Sin embargo, no sabíamos cuáles eran sus verdaderos propósitos para regresar a su país de origen."

"¿Cuál es la evaluación de su Departamento sobre los resultados de la misión?" preguntó Richardson a Donnelly.

"Estamos extremadamente complacidos con la exitosa conclusión de la misión, y reconfortados por el hecho de que la amenaza que representaba el rebelde Baaltar para la paz de Asia Central y Oriental ha sido neutralizada. Grandes actores de la política mundial, como China y Rusia, coexisten en la zona, y lo que nadie necesitaba era un conflicto que incendiara esa área."

La siguiente pregunta provino de Nadia Swarowska.

"¿Cuál es el estatus de la princesa Orghana en su país hoy en día?"

Jack respondió:

"Es considerada una heroína por la mayoría de las tribus nómadas, y como la representante de la tradición de Genghis Khan. Más aún, algunos piensan que los genes del Gran Khan se manifiestan en ella."

"¿No ha sido invitada a venir a esta reunión?" insistió Swarowska.

"Por supuesto, pero es un tema pendiente. Madame Ganbold, o en realidad ahora Madame Richart, está en el sexto mes de su embarazo."

"¿Entonces se ha casado con nuestro asociado Ives Richart?"

"Sí. Ambos residen parte del tiempo en Ulán Bator y parte del tiempo en el pueblo de Temük Khan, quien nos protegió y apoyó todo el tiempo."

"En resumen, ¿podemos decir que se han cumplido todos los objetivos de la Misión 'Tumba de Genghis Khan'?" preguntó Corrado Gherardi. La respuesta vino de Richardson.

"Sí, excepto, por supuesto, el objetivo central de encontrar la tumba del gran emperador."

Taro Suzuki, generalmente discreto y reservado en sus expresiones, esta vez exclamó una frase desconcertante.

"No estoy seguro de que eso sea cierto tampoco."

Y así, querido lector, esta historia ha llegado a su fin. Pero no temas, porque nuevas aventuras esperan en el horizonte, y el viaje continúa en las páginas del mañana.

Del Autor

Estimado lector,
Le agradezco que se haya interesado en leer estas breves palabras en la que hablo de mi obra. Es un buen hábito tratar de entender que llevó a un autor a escribir un libro particular, ya que las motivaciones varían de autor en autor y de libro en libro.

Como señal de respeto al lector, en todos mis libros realizo una exhaustiva investigación previa sobre los hechos a que se refiere la obra, particularmente teniendo en cuenta que muchas de ellas transcurren en lugares a veces apartados entre sí y en épocas históricas también diversas; es decir que mis libros a menudo transitan dilatados trechos en el tiempo y en el espacio.

Estas búsquedas están basadas en mi memoria, en la amplia biblioteca familiar y en el gigantesco cantero de hechos y datos constituido por Internet. En la red global todos pueden buscar pero no todos encuentran lo mismo... afortunadamente, ya que este hecho da lugar a una enorme variabilidad y diversidad.

La trama por supuesto proviene de la imaginación y la fantasía. Ésta es para mí de fundamental importancia y confieso que jamás escribiría un libro que no me interesara leer; mis gustos como escritor y como lector coinciden en alto grado.

Mis obras con frecuencia transcurren en lugares exóticos y se refieren a veces a hechos sorprendentes y hasta paradójicos, pero jamás entran en el terreno de lo fantástico e increíble. Es más, a menudo los hechos más bizarros suelen ser verídicos.

Sobre el Autor

Cedric Daurio es el seudónimo adoptado por un novelista argentino para cierto tipo de narrativa, en general thrillers de base histórica y novelas de acción y aventura. Ejerció su profesión como ingeniero químico hasta 2005 y comenzó su carrera literaria a partir de entonces. Escribe en castellano y sus libros han sido traducidos al inglés y están disponibles en ediciones impresas y como libros digitales.

El autor ha vivido en Nueva York durante años y ahora reside en Buenos Aires, su ciudad natal. Todas sus obras están basadas en extensas investigaciones, su estilo es despojado, claro y directo, y no vacila en abordar temas espinosos.

Obras de Cedric Daurio

FICCIÓN
Runas de Sangre
La Estrella de Agartha
La Legión Perdida
I Ching y Crimen
Una Dama Elegante
El Guerrero Místico
La Secta de los Asesinos
Dominatrix
El Tesoro Mongol
La Jungla Fantástica
La Diadema Imperial
El Regreso de los Templarios
Rapsodia de Sangre
La Ciudad Mítica
El Nido del Águila

Contacte al Autor

M**ailto**: cedricdaurio@gmail.com
Blog: https://cedricdauriobooks.wordpress.com/blog/

Sobre el Editor

Oscar Luis Rigiroli publica los libros a su cargo en ediciones impresas y electrónicas por medio de una red comercial que les brinda una amplia cobertura mundial con ventas en los cinco continentes. El catálogo incluye tanto numerosos títulos de su propia autoría como aquellos escritos por otros autores. Todas las obras están disponibles en idiomas castellano e inglés.

Abundante información sobre dichos títulos puede ser consultada en los siguientes sitios web:

https://narrativaoscarrigiroli.wordpress.com/ y
https://louisforestiernarrativa.wordpress.com/

El lector queda amablemente invitado a consultarlos en la seguridad de hallar buenas experiencias de lectura.

Galería de Arte

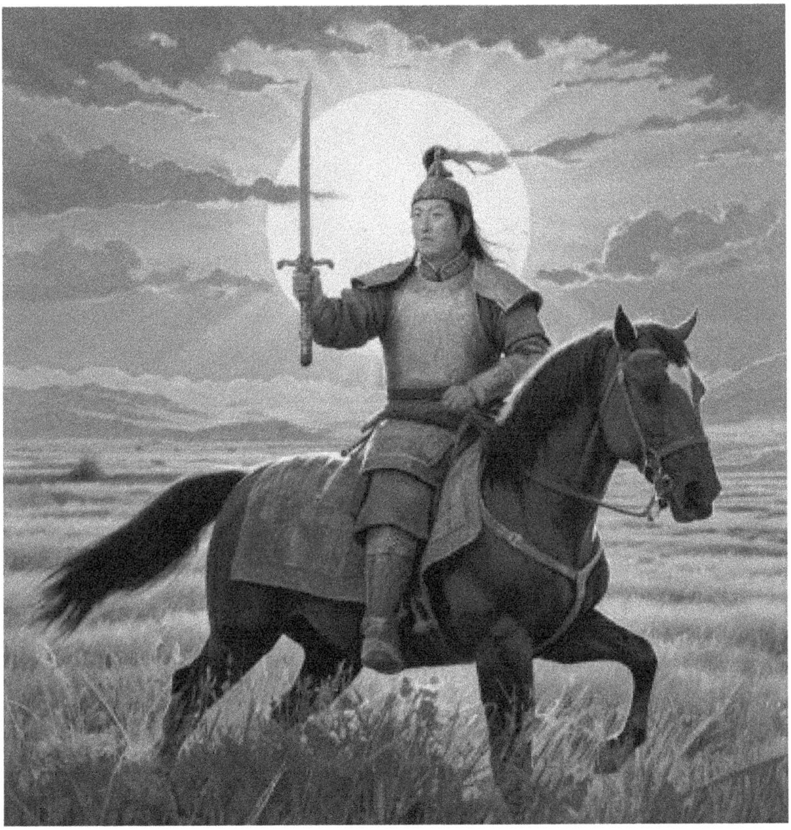

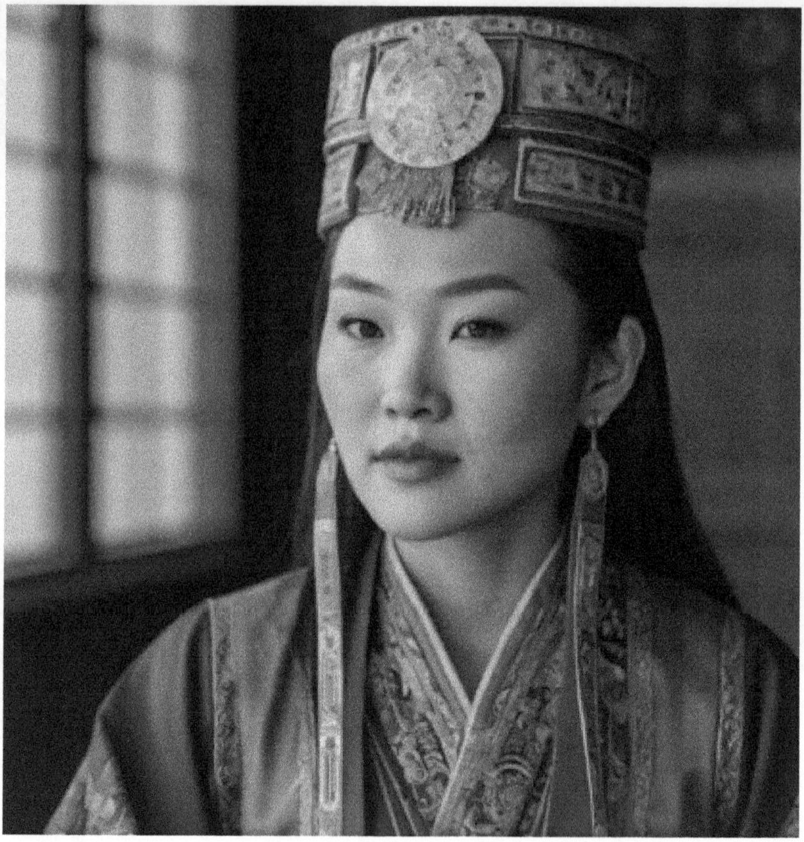

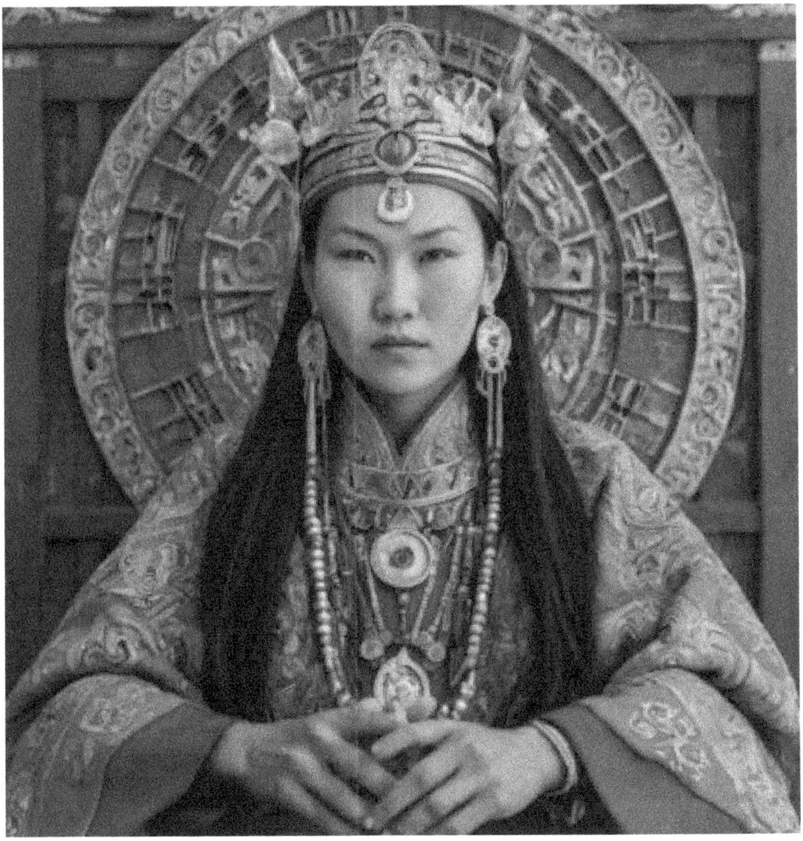

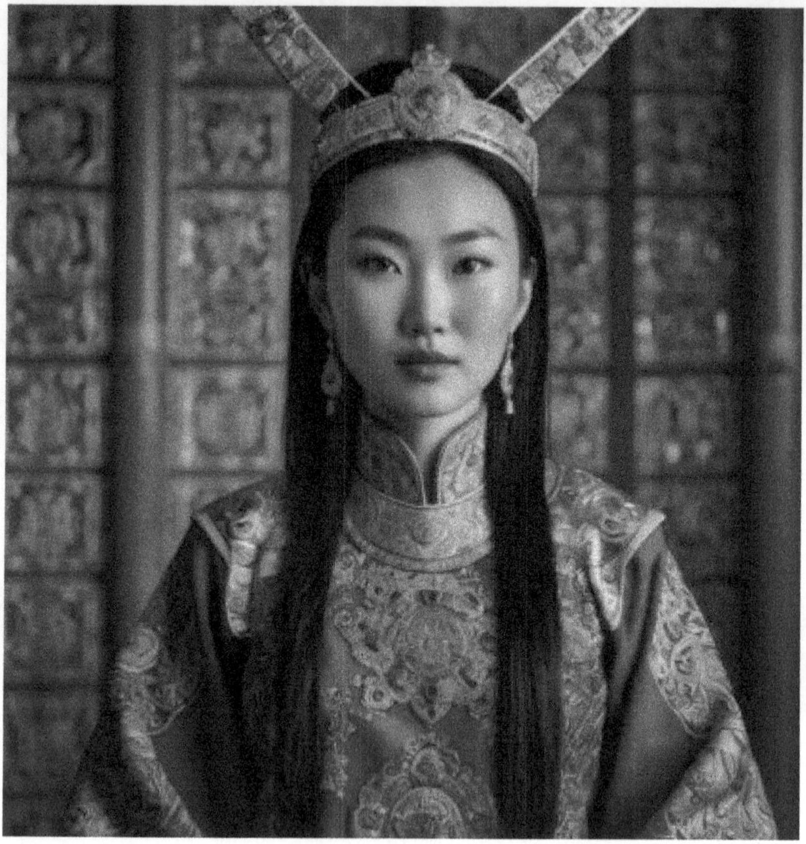

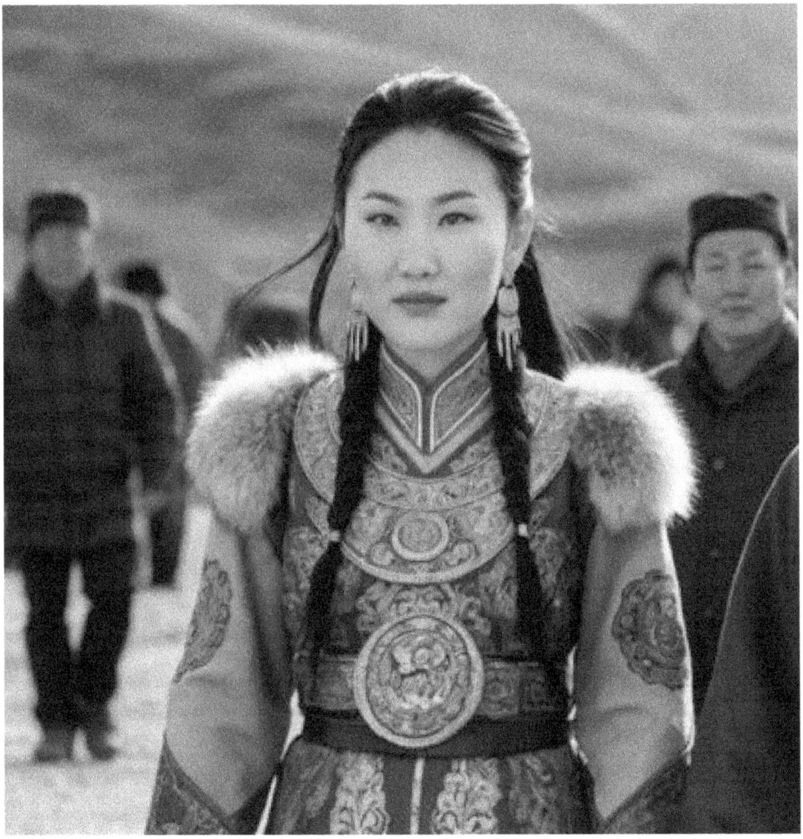

166

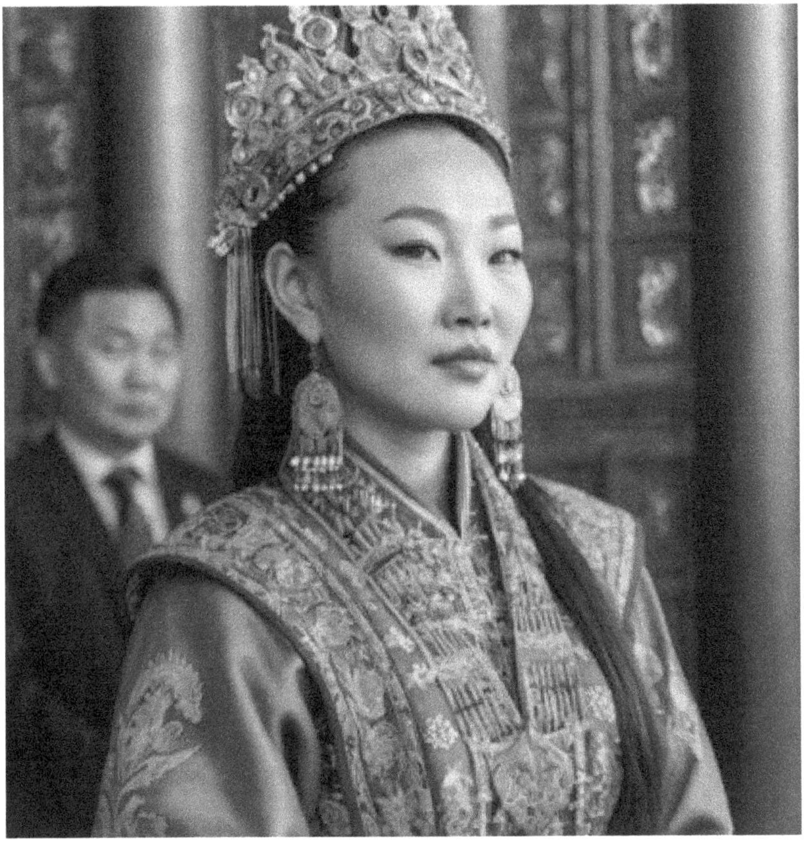

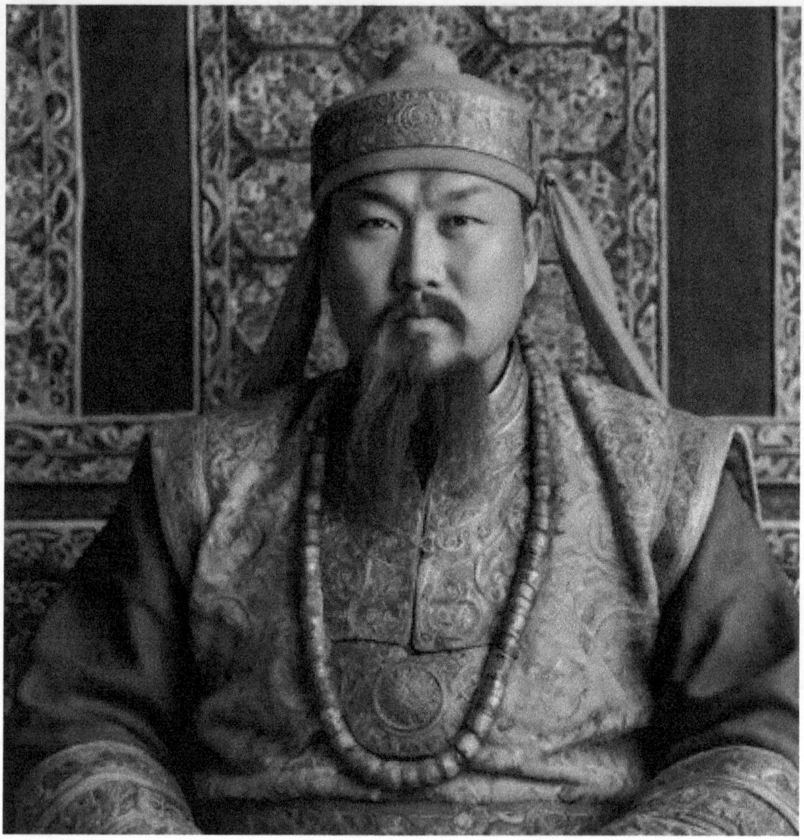

Milton Keynes UK
Ingram Content Group UK Ltd.
UKHW020015061124
450708UK00001B/176